I0774608

Los Bionueces

Un mundo de fantasía

Lucila Ruiz

Dedicatoria

Dedico esta novela a mi Creador,

a mi hijo y a mi esposo,

a los lectores,

a mis sueños.

Índice

 Prólogo

En su primera obra, Lucila Ruiz capta nuestra atención de manera creativa y toca nuestros sentimientos a través de una historia de amor cuya trama saca a luz la desigualdad, el prejuicio, y el odio que lleva a la violencia y al maltrato. En una historia tan sencilla, Lucila nos ayuda a entender que, a veces, guardamos sentimientos destructivos que no vienen de nosotros, sino que los heredamos de alguien que despreció y no aceptó a otros por ser diferentes a él. ¡Qué bueno que existen personas que quieren entender y corregir el mal y unir a las personas sabiendo que todas fueron hechas igualmente por el Gran Creador! Hermosa historia y de fácil lectura.

Elizabeth Meson

Capítulo I
Nacimiento

Todo lucía normal, una mañana maravillosa, había una diversidad armoniosa de arbustos, árboles, flores de un sinfín de variedades; hermosura, esplendor, la primavera que se respiraba en todo el derredor. El sol refulgente entraba en el antiguo árbol, que ese día cumplía tres mil y un años; su corteza era gruesa, de color marrón, y la savia era abundante en su interior. Allí, dentro del colosal árbol, vivía una colonia de pequeñas criaturas llamadas bionueces. Su nombre estaba compuesto por: bio en honor a su existencia de vida, honrando todo lo que habían vivido y cómo habían llegado a ser lo que eran, y nueces por su olor característico a dicho fruto. Su nombre no solo era una palabra, sino un tributo a su increíble viaje de vida. Su pequeña estatura de no más de un centímetro ¿cómo esto acontecía, si solo un viejo árbol ahuecado era? ¡Estaba lleno de vida! Milagro del Creador.

Alegres en la fiesta, todos escuchaban la música que salía del árbol como un bullicio alborotador imperceptible al oído humano, solo revelado al mundo animal y al colibrí que rondaba por ahí.

A la celebración acudían el plebeyo tanto como el hidalgo, todos reunidos en la plaza principal con ansias, a la espera del anunciado nacimiento. El rey tenía prohibido ver al recién nacido hasta que en conjunto todos le observaran y bendijeran con la frase típica de los reinos:

"¡Larga vida al príncipe (o princesa)!".

Y sí que eran largas sus vidas: el monarca tenía quinientos años, había heredado el reino de su padre quien, en su tiempo, llegó a vivir setecientos años y tuvo doscientos hijos.

El consejo se acercó. La anciana más sabia tomó al bebé en sus manos y, al destapar su cuerpecito, se escuchó:

—¡Aauhaa! —un llanto en el palacio real.

—¡Ha nacido! —pronunciaron en un grito ensordecedor.

—¡Trompetas! —dijeron todos, corriendo sin rumbo.

En la entrada del palacio se veía un intenso movimiento, pero todos se quedaron a la expectativa de los acontecimientos cuando se detuvo la música; rápidamente, la población se alistó. Entonces, por las puertas entraron los soldados, deslizándose sobre pétalos de tulipanes. Tomando sus puestos asignados, formaron dos filas y, con antenas de abejas recolectadas en diferentes batallas, todos al unísono emitieron sonido durante un minuto.

—Tu… tutu… tutu —se escuchó el sonido de las trompetas.

—¡Una niña! —Ante el anuncio, el reino con gran bullicio y alegría respondió.

La anciana comenzó el examen según la tradición bionuez. Cada parte del cuerpo de la princesa estaba envuelto en un pétalo de rosa y debía descubrirse en público. En detalle examinó sus pies, rodillas y manos, otorgándoles flexibilidad. Al retirar con suavidad la sección que cubría su rostro, el semblante de la anciana expresó curiosidad y, a su alrededor, todos la observaron con asombro. Era el momento de revelar a la recién nacida. Sin más, la mano de la anciana se alzó en señal de espera.

—¡Por las nueces! —Al ver a la niña, el padre profirió un bramido, pues la anciana, interrumpiendo la ceremonia, se la había mostrado—. ¡No es mi hija! —expresó elevando su voz y apartando su mirada.

—Pero, majestad, mire el sello en su frente —insistió la anciana. Ahí estaba, justo entre sus dos cejas. Una pequeña marca en forma de nuez que acompañaba a toda la realeza, mostrando el puro linaje que corría por sus venas.

—Llevadla ante su madre —dijo el rey a la guardia—. ¡Acompañadle! —exigió a los ancianos.

Mientras, el pueblo, impaciente, esperaba...

—Mamá, ¿le falta una mano? —preguntó un pequeño bionuez a su madre.

—¡Se han roto las reglas! —expresó desde la multitud un magistrado, sembrando entre los presentes discordia y enemistad contra el origen de la princesa recién nacida—. ¿Por qué tanta demora? ¡Mostrad a la princesa! —exigió.

A su vez el pueblo, inquieto, manifestó diferentes criterios y suposiciones. Al bebé que todos esperaban con regocijo, esperanza y buenos augurios, ahora juzgaban. Muchas versiones y rumores se esparcieron, como la corriente que fluye en ríos de agitadas aguas.

—Mi niña —con voz delicada y dulce la reina dijo, mirando el rostro de la recién nacida princesa. Tenía pocas fuerzas por su labor de parto, pero disfrutaba del momento. Para una bionuez, crear en su vientre el cascarón de nuez que daba vida y protección al bebé no era una tarea fácil. El niño habitaba en él durante doce meses. La madre daba a luz al cascarón y después lo calentaba durante cinco horas, hasta que este se endureciera. Pasadas esas horas, el cascarón se abría y entonces el bebé respiraba su primer aliento de vida. La nuez se usaba como cuna en los primeros días después del nacimiento. Los reyes tenían un sinfín de hijos, pero con diferentes mujeres, según la costumbre de los antepasados de los bionueces. Sin embargo, para Nao, el actual rey, solo había una entre todas las mujeres: su amada Gardenia, su única esposa y reina de su corazón que, luego de cada embarazo y labor de parto, quedaba más débil.

—Cariño, serás una gran princesa. —Gardenia acarició el rostro de la princesa con ternura—. Desafiarás a gigantes y vencerás todos los retos. —Su mirada se deslizó suavemente hacia los ojos de la princesa, como una delicada mariposa que encontraba refugio en ella. Sus palabras llenas de sabiduría y predicción se entrelazaron con el brillo de sus ojos y quedaron selladas en lo profundo del alma de su pequeña e inocente hija—. Sé tú… siempre sé tú.

—Majestad, la recién nacida no está aquí por su bendición —interrumpió la anciana, ansiosa por la presión que había en el palacio y en el pueblo, que aún esperaba—. Sino por su cabello. —Con una mirada burlona y maliciosa, la anciana señaló el cabello de la princesa para llamar la atención sobre su color inusual. A pesar de ser apenas una recién nacida, su cabello era abundante y muy rebelde. Tenía una franja blanca que recorría toda su cabeza, desde su frente hasta su espalda, cosa para ellos muy extraña.

—No es nada... —la reina mostró una sonrisa radiante, llena de amor y ternura, ante la mirada de su pequeña hija—. Por esta marca de nacimiento, su nombre será Blanquita, como su franja. Cuf, cuf... —Una tos inesperada interrumpió sus palabras.

—¡Tomadla! —la anciana gritó, asustada. Por unos segundos, la reina perdió sus fuerzas y la pequeña princesa se deslizó de entre sus manos.

—¡Madre! —Corriendo apresuradamente, su hija Amanda sostuvo a su madre, que estaba perdiendo el equilibrio.

—Hija… —Con pocas fuerzas y sin aliento, la reina tomó la mano de su hija Amanda y, mirándola a los ojos, dijo—: Mi adorada hija... Cuff... cuf... Si falto, cuida bien a tu hermana.

—Calla, Madre, no digas esas cosas. Suuu… No pasará nada. Necesito que estés siempre conmigo —dijo Amanda, con lágrimas en sus ojos, asustada al ver que su madre perdía la voz y su piel se tornaba pálida.

La anciana regresó con la recién nacida a la sala de espera, donde se encontraban el rey y los ancianos de la corte.

—Majestad, la reina la reconoció como su hija y le puso por nombre Blanquita, por… —las palabras de la anciana se cortaron al ver la expresión del rey. Su voz se tornó temblorosa mientras señalaba con el dedo índice la franja blanca en el cabello de la princesa.

—¡Pero! —Moviéndose de un lado a otro, el rey reflexionaba en voz alta mientras miraba intermitentemente a la pequeña princesa —¿Qué diré ante tan insólito hecho? Nunca en mi linaje ha acontecido tal desajuste genético. —Su caminar por el salón se hacía más rápido e intenso, al igual que sus palabras—. ¡Ya sé! —Levantó su voz fuertemente—. Taparemos su listón para esconder su rareza.

—Majestad —dijo la anciana, deseando aplacar las sonrisas en los rostros de los ancianos—, esto no se podrá ocultar de su físico. Sugiero mostrar a la princesa tal como es.

—Valor, majestad, el pueblo lo entenderá. Después podremos pensar en este infortunio —dijo el general, golpeando suavemente el hombro del rey en señal de apoyo y amistad. Mientras tanto, otros murmuraban y juzgaban a sus espaldas.

—¡Tuuutru! —Sonaron las antenas nuevamente, y todos se reunieron.

Levantando a la niña en alto, sosteniendo su cabeza y sus piernas, completamente desnuda, según la ley disponía, la anciana proclamó en voz alta:

—¡Larga vida a la vigésima princesa del reino de los bionueces! ¡Blanquita!

Silencio total hubo ante la proclamación de la anciana. Las bocas quedaron abiertas al ver a la princesa. Los niños voltearon sus rostros. Nunca se había visto cosa igual en los tres milenios del reino.

—¡Larga vida a la vigésima princesa del reino! —pronunció con gran ímpetu y voz de guardia la anciana ante la reacción del pueblo.

—¡Larga vida! —algunos alzaron sus voces ante el mandato y reafirmaron con poco ánimo.

La ceremonia prosiguió según lo dispuesto por la ley y la tradición. Como era costumbre en todo nacimiento de origen real, es decir, ante Blanquita (quien no cesaba de moverse y hacer graciosidades), pasaron sus diecinueve hermanas, de la mayor a la menor, para darle la bienvenida con reverencias a la recién nacida: Naomi (la hermana mayor, quien fue bautizada con dicho nombre por su padre), Sucet, Margara, Amanda (la hija más apegada a su madre), Delicia, Carmencita, Safira, Esmeralda, Azucena, Magda, Linda, Margarita, Ileana, Remy, Mera, Lea, Fildina, Lilita y Flor. Murmuraban unas con otras al ver la rareza de su hermana. Provocando risas en el salón, tomaron a su hermana como un juego más de princesas. Entre chistes y bromas, la llamaron "Blanquita, la rarita".

Capítulo II
Despertares

Los primeros días de Blanquita fueron de pura inocencia. Ajena a las circunstancias de su alrededor, siempre mostraba una sonrisa bella y encantadora. La reina Gardenia había fallecido un mes después de dar a luz a Blanquita. Por la desdicha declarada en el momento de abrir sus ojos y ser revelada su mancha, solo su nodriza y su padre encontraban razones para agradecer al cielo por su existencia.

Gran luto hubo en el corazón del rey, de sus hijas y del pueblo después de la muerte de la reina Gardenia. Los días fueron grises e interminables. Las sonrisas desaparecieron, quedaron solo como un recuerdo en los rostros de muchos. Solo quejas de lamento, tristeza y dolor eran escuchadas en palacio. "Lo que hubiese sido..." era la frase popular que se escuchaba en boca de la población. El presente era una sombra oscura del pasado, no el amanecer esperado. Inviernos, primaveras, veranos transcurrieron sin fiestas ni regocijo. En toda la nación se declaraba que tal desgracia había acontecido por el nacimiento de Blanquita, quien llevaba un sello de infortunio debido a su mancha.

—Un, dos, tres —mientras Blanquita contaba, sus hermanas Remy, Lilita y Flor jugaban con ella por orden del rey.

—¡Haces trampa, rarita! —Remy gritó, escondida en un arbusto del jardín real.

—¡Miren, ahí viene Amanda! Digámosle que juegue con nosotras, ¡así habrá más diversión! —dijo Lilita, apenas dos años mayor que Blanquita—. ¡Amanda, Amanda! —Saltó a su alrededor.

—No es momento de juegos —expresó Amanda a Lilita con rudo semblante.

—Es el quinto cumpleaños de Blanquita, y nuestro padre dispuso que la acompañásemos. No habrá recorrido real como de costumbre —secundó Flor.

—Precisamente, no lo merece: ella nos quitó a mamá —las palabras de Amanda se dirigieron a Blanquita como saeta afilada para herir sus sentimientos—. Merece una vida de fantasma ¡Juuu…! —Abriendo sus manos, emitió el sonido con intenciones de asustar a las chicas y así evitar el contacto con Blanquita. Pero Blanquita, ingenua e inocente, continuó el juego sin ver mala intención en sus palabras. Aunque no tenía pastel ni fiesta de cumpleaños, para ella compartir un momento con su familia y, particularmente, con su padre, era lo más preciado y feliz del universo.

—¡Hermana! —Blanquita levantó la voz y, continuando el juego desde un banco del jardín, con impulso se lanzó a los brazos de Amanda—. ¡Allá voy! —expresó en el aire—. ¡Puff! —Un ruido se escuchó; retumbó como el sonido que hace un sapo al caer.

—¡Blanquita! —Remy, asustada, gritó fuerte al ver a Blanquita en el suelo. Amanda, intencionalmente, no la sostuvo—. ¿Qué haces? —Remy le reclamó a Amanda mientras ayudaba a Blanquita.

—Nadie le ha dado esa confianza.

—Es nuestra hermana.

—Para mí, solo es una rara —dijo Amanda, haciendo movimientos de desprecio con su boca y así tener una excusa para marcharse. Amanda no podía manejar su interacción con Blanquita. Cuando la veía, recordaba el rostro de su madre, y sus últimas palabras retumbaban en sus oídos como un zumbido doloroso: "Si falto, cuida bien a tu hermana".

Por eso, día a día, cual gota que llenaba su copa, lo que Amanda sentía no era amor y protección. En su mente, un pensamiento la obsesionaba: *el de intercambiar la vida de Blanquita por la de su madre*. Una oración sin fin y sin contestación. Manantiales de lágrimas brotaban con odio desde su interior, volviendo oscuro y malicioso su corazón.

En cada quinto cumpleaños, como mencionó Flor, el rey como regalo llevaba a pasear a la cumpleañera y, juntos, interactuaban con los habitantes del reino. Con obsequios, la población siempre le sorprendía, pero no sería así para Blanquita. El rey amaba y protegía a su hija no haciendo caso a las fábulas y las difamaciones que por su mancha le hacían. Él temía que, en esta ocasión, la presencia de Blanquita en las calles causara disturbios en la población. Todos pensaban que el rey estaba adormecido por la pérdida y el dolor, dado que el fallecimiento de la reina había causado mucha tristeza en su corazón, pero él con sabiduría estaba al tanto de cualquier situación.

—Todo está preparado, señor —dijo un hombre encapuchado, tomando unas copas en el Mesón de los Repudiados, en los confines del territorio al sur del reino.

—El refugio ha funcionado perfectamente, por ahí será la entrada.

—Sí, cuando salga el rey con su hija atacaremos, pues lo usaremos como distracción. Se ejecutará todo a mi señal.

Todos esperaban la llegada de la princesa y muchos deseaban verla para saciar su curiosidad ante las difamaciones. Como de costumbre, se presentó ante el pueblo el vocero de las antenas (así llamaban al general encargado de las proclamas), y en voz alta expresó:

—De parte de la familia real, se anuncia el quinto cumpleaños de la princesa Blanquita. Por tal celebración, habrá comida disponible para todos en la plaza y música a discreción por el luto. Además…

—¿Vendrá la princesa? —gritó fuertemente un hombre, interrumpiendo al vocero. Llevaba ropas negras y una capucha que cubría su rostro. Rápidamente, un desorden en el pueblo se inició ante su pregunta. El encapuchado, que se encontraba a orillas de la multitud, al no ver a la princesa, levantó su mano con una señal. En seguida, un grupo de personas se introdujeron entre la población para sabotear los festejos. Volteando los alimentos y todo lo expuesto en el mercado, fueron violentos con los niños y trataron a las mujeres sin misericordia ni compasión. Mientras todo acontecía, desde uno de los balcones en el ala norte del palacio, el rey observaba en pausa. Con antelación, había presentido el hecho y enviado soldados a controlar el disturbio.

—¿Qué es, padre? —A su lado, Blanquita escuchaba el bullicio e intentó investigar, pero no alcanzaba a ver.

—Nada, hija, este espectáculo no es para una princesa. —El rey trató de controlar a Blanquita con sus brazos, pues ella saltaba para alcanzar el muro y observar.

—¡Padre!... —se acercó Naomi, sobresaltada—. ¡Quieren entrar al palacio!

—Tranquila, hija, no es más que un intento. Sé que estás asustada, pues hace diez años no veías esto, pero yo lo presentía.

—No quiero vivir esa experiencia nuevamente, tengo malos recuerdos de aquellos días —Naomi, agitada, exigió a su padre—. Por favor, ¡haz algo!

—Hija, calma, asustarás a tus hermanas. Ya he tomado medidas. Anda, ve, busca a las demás —refiriéndose a sus hijas—. Y, por favor, distráelas —dijo, girando hacia Blanquita, quien movía su cabeza cual babosa de caracol al sacar sus antenas, intentando mirar.

—Yo quiero ver. —Blanquita logró zafar sus manos y, en cuestión de minutos, mientras su padre daba instrucciones a Naomi, se aferró a su túnica y trepó a sus hombros—. ¡Guao! —dijo, quedando atrapada en la emoción de la batalla—. ¡Padre, siento algo en mi pecho! —expresó con su mano en el corazón y su mirada en los soldados. Sus ojos verdes parecían querer salirse de su rostro al apreciar las técnicas y los movimientos de los soldados frente a los invasores.

—Que niña esta… ¡Baja de ahí! —dijo su padre, bajándola de sus hombros y, entre regaños, la entregó a su hermana.

—No podemos entrar, señor, es como… ¡si supieran que veníamos! —dijo uno de los invasores al encapuchado.

—Sí, el rey no está distraído como pensé. Retira a los hombres. Es solo cuestión de tiempo. ¡Ja! Hicimos ver que era el enemigo. Eso provocará la guerra, y yo disfrutaré del beneficio. ¡Jajaja!

Tres horas necesitó el ejército de Nao para controlar el disturbio. Los invasores tenían armaduras propias del reino, sus caras cubiertas con el lodo de los pantanos que se encontraban en los exteriores del árbol. Ceñían en sus uniformes espadas de hueso de cadáveres de animales jóvenes, recolectados solo por grupos de soldados específicos adiestrados para tal riesgo. No era un grupo cualquiera, eran soldados especializados y entrenados. La guardia real usó gases malolientes, los cuales se hacían de los tóxicos de mofetas y se ponían en la envoltura flexible de huevos de salamandras. Para no usar la violencia contra la población en tiempos de batallas, el rey había destinado de mutuo acuerdo un área o campo para los enfrentamientos. Así, las mujeres, los niños, los ancianos y la población débil no sufrían daños. El rey tenía sus sospechas, por eso no tomó la decisión de contraatacar, como sugirió un grupo de sus líderes. Controlada la revuelta, el consejo y los ancianos se reunieron y analizaron las posibles causas del disturbio, pero no llegaron a ninguna conclusión del origen de los invasores y las causas del ataque. Entonces, se dispuso por orden real reforzar la vigilancia en las calles y una alerta de protección a la familia real.

El rey aún no tenía descendiente varón. Dos de sus hijas estaban comprometidas desde su nacimiento por convenio real, pero Nao era flexible en estos asuntos, ya que él se había casado por amor y no por un simple compromiso real. Aunque sentía la presión del consejo en cuanto al matrimonio de sus hijas y su legado, les daba a sus hijas la opción de elegir con quien se casarían.

Para el cuidado de sus hijas, el rey tenía asignadas personas específicas, además de la supervisión de su esposa, quien dedicó sus días a enseñarles buenos modales y educarlas en todas las áreas de la vida. Luego de perder a su madre, tales enseñanzas las habían asumido las hermanas mayores. Por eso, a Blanquita, por ser la más pequeña, se le asignó a Sucet, de sus hijas las más refinada, de pelo rubio, lacio, esbelta, exquisita en el conocimiento y diseño de moda para el aprendizaje del protocolo y modales de una princesa. Ileana en la enseñanza de letras. Para las matemáticas y las ciencias, Delicia y Carmencita, las gemelas, quienes eran medio despistadas; como alguien definiera: chaparras, las más pequeñas de estatura comparada con sus hermanas, pero bien sabias. En las artes de la cocina nadie había mejor que Linda, quien elaboraba los platos más exquisitos del palacio. Sin embargo, a Blanquita nada de ello le interesaba y, obligada, hacía los quehaceres e iba a clases. Contaba los minutos para quitarse los zapatos que le ponían sus hermanas, zapatos de madera tallados según la medida del pie y tapizados cómodamente con piel de serpientes bebés. Además, le ceñían vestidos, ropas y lazos hechos de diferentes pétalos de flores y hojas. ¿Cómo era posible, si eran perecederos? Muchos se preguntaban esto. Es que los bionueces eran expertos en procesar las hojas, las flores y los tejidos con diferentes sustancias. Cera de abeja, huevos de tordo y, por último, añadidos hilos de telaraña.

Para la realeza se usaban hebras de seda hechas por diferentes especies de gusanos extremadamente suaves. Todo esto les daba resistencia a las hojas, a los pétalos y a todo tipo de flor, haciendo lucir su máximo esplendor.

En el centro del reino, entre las dos provincias, había una planta de algodón de no más de veinte centímetros de altura. Era un monumento en memoria del rey Rolando, ancestro que en un momento de la historia salvó a la población, obteniendo del árbol abrigo y calor. El fruto de la planta era desechado, pero recolectaban su borra larga y blanca. Con esta confeccionaban vestuarios para el invierno. La esencia de la vida y el comercio de los bionueces era el intercambio; los suministros y los alimentos eran de producción propia. Algunos eran buscados en el exterior.

Blanquita iba a clases bien uniformada: su mochila estaba hecha con el cuerpo de mariquitas, con sus llamativos puntos negros, pues le exigían ser toda una señorita. Conjunto de tintas extraídas de diferentes animales y plantas consigo debía llevar para incursionar en las letras y los trazos. "¡Fascinante!", expresaba siempre Azucena, como buena maestra. Blanquita desfilaba por el palacio, cual muñeca adornada para sus hermanas. Su relación con ellas, pura burocracia. Una emoción que explotaba en su pecho era la sensación que había experimentado aquella mañana en el disturbio. Mientras sus hermanas atemorizadas gritaban, ella ardía de deseos. Un fuego se encendió en su interior aquel día y, desde entonces, esa fue su pasión: ir a lugares abiertos, sentir en su cabello el batir del viento, respirar el aire puro y fresco, observar a los soldados e imitar su entrenamiento. ¿Su pasatiempo favorito? Competir con las ranas dando saltos en el jardín y cual corcel montar al colibrí para competir con las mariposas.

—¡Blanquita! ¡Blanquita! —Su nodriza la llamó con insistencia—. ¡Oh, por los escorpiones! —se escuchó su voz, refunfuñando al enredarse en una liana.

—¡Aquí! —Blanquita respondió, apareciendo ante ella de sorpresa.

—¡Ahhh! ¡Pero, niña! —la nodriza gritó al ver a Blanquita suspendida en el aire, colgando de un solo pie en una liana, cubierto su rostro de fango y hojas arrugadas. Mirándola, buscó una palabra apropiada para describirla, y dijo—: Tu apariencia es inapropiada para una princesa. Con ese aspecto le das un susto a cualquiera. ¡Baja de ahí! —ordenó, sacudiendo las ramas de su cuerpo.

—¡Madrina, suave! —Blanquita protestó ante sus golpes, llamándola madrina, nombre que usaba desde su infancia al referirse a ella—. ¡Inapropiada! Jijiji. Usaste las palabras de Sucet y Amanda —dijo Blanquita, estirándose para hacer muecas e imitar a sus hermanas bien refinadas.

—Jajaja —rieron juntas.

—Muchachita, no le busques a esas las pulgas, que te tienen aquí —dijo la nodriza, señalando con su dedo índice entre sus cejas.

—Lo sé, ante ellas solo debo sonreír —suspiró Blanquita con desesperanza.

—Bueno, no hay que lamentarse ni poner cara triste. Mírate, faltan minutos para la cena y tú... sucia y despeinada. ¡Eres una princesa, no un arbusto más! A veces, tienen razón tus hermanas —la nodriza replicó para animarla y desenfocarla de las cosas negativas que traen desesperanza y tristeza—. Yo cuido tus espaldas antes las demás, ¿puedes tan solo decirme adónde vas? —preguntó con una sonrisa.

—No, madrina, es un lugar secreto... —Blanquita le dio un beso.

—¿Secreto conmigo? Si no vengo por ti, te tocaría castigo y encierro — cariñosamente su nodriza pellizcó sus mejillas.

—Bueno, es cierto. Si te lo muestro, puedes sacarme de aprietos y avisarme cuando esté en riesgo. Serías mi confidente. —Mientras le hablaba, Blanquita la miró un poco desconfiada: no estaba segura de si podía revelar su secreto. El lugar que ocultaba era muy importante para ella y temía que la privaran de él.

Pasados unos minutos, ambas se adentran en el bosque.

—¡No pretendas que vaya ahí! —exclamó la nodriza al ver una cueva oscura, con una sensación de escalofríos. Blanquita había accedido a mostrar su lugar secreto impulsada por la confianza y el cariño que sentía por su nodriza.

—Confía en mí, madrina. —Tomando la mano de su nodriza, Blanquita la guío a un agujero ubicado dentro de una peña. ¿Cómo podía su madrina negarse ante tan dulce expresión, que desde pequeña llamaba tanto su atención?

—¡Ahhh! —Un fuerte grito se le escapó a la nodriza y retumbó en todo el lugar—. ¡Qué horror! Y eso tan feo, ¿qué es?

—Es un animalito. Mira qué tierno... —expresó Blanquita, acomodando unas hojas alrededor de un animal—. Lo encontré recién salido de un huevo, junto al riachuelo. Lo único que necesito es que me cubras de vez en cuando para venir a alimentarlo.

—¡Un animalito! Hija, esa cosa no tiene forma, es gigantesca y gelatinosa.

—¡Chuuu...! —Blanquita replicó, emitiendo un sonido, un gesto despectivo en sus labios—. Madrina, es solo su piel —dijo acariciando al animalito con compasión.

—¡Uhhhmmm! Niña, no lo toques que me pone los pelos de punta. ¡Uhhy! —dijo la nodriza, quien no pudo contener la sensación de escalofríos al ver al animal—. No lo cuides, hija, puede ser peligroso. —Sus palabras resonaron como eco de experiencia y sabiduría, recordando la importancia de respetar a la naturaleza para garantizar el bienestar y la armonía del entorno—. Míralo, no tiene forma definida. Ya verás, como es un animal salvaje se adaptará al medio.

Blanquita, guiada por las palabras de su nodriza, observó unos segundos al animal. Conmovida por la empatía, abrió su corazón, tanto tiempo reprimido, y expresó:

—Sabes, madrina, al ver a este animal así de indefenso, me veo a mí. —Hizo un breve silencio y continuó—: Todos los días, Amanda cuenta lo rara que soy, todos se burlan de mi mancha de nacimiento y me desprecian. Nunca encontré expresión alguna capaz de mostrar lo que siento aquí... —Blanquita tocó con fuerza su pecho—. Hasta que lo vi a él —refiriéndose al animal—. Me siento como él y no deseo que tenga mi destino. Por eso, he decidido cuidarlo y darle mucho cariño.

Al escucharla, su nodriza fue a su lado y la abrazó; por vez primera, vio lágrimas que brotaban como un río de los ojos de Blanquita.

—Mi niña, tú eres bella y tu mancha no define quién eres. Eres dulce como la miel, y astuta como cascabel. Siempre vi en ti la pureza de tu alma y tu gran corazón. Nunca te he visto cabizbaja ante los desafíos, y la fuerza que hay en ti no proviene de tus lágrimas, sino del Espíritu del Creador, que puso en ti algo especial para desafiar tu destino. —Poniendo las manos en sus hombros, la nodriza le trasmitió ánimo—. No te preocupes: juntas podremos cuidar del animalejo.

—¿Animalejo? Se sentirá triste si le decimos así de feo —expresó Blanquita torciendo sus labios.

Ambas se sumergieron en un silencio reflexivo durante unos minutos, observando al animal y tratando de desentrañar la esencia de aquella criatura para darle un nombre. El animal era de piel traslúcida y sus venas grises se hacían visibles a lo largo de su cuerpo. Con una agilidad sobrenatural, su cuerpo se deslizaba sin una forma definida.

Sus movimientos, flexibles y elegantes, desafiaban las leyes de la gravedad con cada desplazamiento que hacía mostrando deseos de vivir.

—Mirándolo bien, tiene tu espíritu —dijo la nodriza.

—¡Cierto, madrina! —Blanquita, entusiasmada, replicó—. Entonces, le llamaré: ¡Fuego! Pues es lo que siento dentro de mí.

Capítulo III
Encuentro

Los años transcurrían sin cambio. Todos los días, antes o después de sus deberes, Blanquita escapaba a su lugar secreto. La entrada era tupida, cubierta de arbustos y muchas plantas espinosas que hacían difícil su acceso. El lugar parecía tosco, pero a unos pasos de las espinas se observaba un paraíso de eterna primavera. Un hábitat independiente y único donde Blanquita pasaba horas y horas sin percatarse del transcurrir del tiempo. Allí crecían árboles frondosos, desde el más grande, que parecía traspasar el cielo, hasta el más pequeño, que asomaba su tallo al emerger. También vivían diferentes especies de animales e insectos. Toda una vida salvaje y natural llena de libertad.

Mientras Blanquita disfrutaba de ello, en el palacio y entre el pueblo había tensión e infelicidad. En las calles se escuchaba rumor de guerra e invasión a causa de los años de luto. El pueblo, descontento, exigía un cambio. Ante tal demanda, el rey convocó a una asamblea.

—Amigos —palabras del rey en la asamblea, dirigiéndose a su Senado—, comienzo con estas palabras pues es el nombramiento que os doy a cada uno de vosotros. Para mí, la palabra amigo es más que un título o posición en el reino. Conmigo, vosotros habéis estado en la alegría, en la guerra y el dolor.

Vuestro apoyo no ha sido solo al reino, a los ancestros, a las leyes de tres milenios, sino a mi persona y a mi familia. —Se escuchó un silencio absoluto ante las palabras del rey—. Mi más sincero agradecimiento a cada uno de vosotros. Por diez años, fui consumido por la tristeza de la pérdida y las adversidades de la vida. ¡Pero hoy abriremos las puertas al futuro! A partir de hoy, no habrá luto en el reino. ¡Abriremos las puertas a la alegría de las nuevas generaciones!

Las palabras del rey habían sido esperadas por mucho tiempo, así que todos, en un mismo sentir, se levantaron y con rostros llenos de alegría aplaudieron con regocijo durante cinco minutos.

—¡Ese es mi rey! —exclamó una voz, sobresaliendo.

—¡Larga vida a el rey! —otro le secundó.

—Escucha, hermana, ¡que bullicio! —dijo Lea a Fildina al escuchar desde lejos las palmas y el ruido.

—¡Los rumores son ciertos! —Fildina se detuvo bruscamente. Su respiración se entrecortó y su cuerpo comenzó a temblar—. Uno, dos, tres… —dijo, tratando de respirar según las técnicas recomendadas por su yerbatero para la ansiedad—. Habrá otra invasión. —Las palabras opacas y débiles salieron de sus pensamientos. Por su constante conducta nerviosa, su cuerpo se debilitó.

—¡Deja eso, Fildina! —Lea golpeó la espalda de su hermana con el puño para evitar que cayera al suelo. ¡Pumpaff! se escuchó fuerte un sonido debido al golpe.

—¡Uhmmmm! —Fildina quedó sin aire unos segundos ante el dolor causado por el golpe; tan adolorida quedó, que solo pudo levantar su dedo para dejarle una advertencia a su hermana.

—¿Ha pasado algo? —Amanda preguntó al llegar, apresurada, desde uno de los corredizos del palacio, atraída también por el bullicio.

—Esta hermana nuestra, con su bobería y nerviosismo, ¡no me ha dejado investigar! —replicó Lea, malhumorada, mientras Amanda observaba a la pobre Fildina que estaba recostada en el piso a causa del dolor.

—¡Entonces, apresurémonos! —Amanda tomó por el brazo a Lea y la guío tras la puerta para escuchar, dejando atrás a Fildina.

—Declaro —expresó el rey en voz alta, levantando su mano para pedir silencio— que el próximo mes, en esta fecha, celebraremos las nupcias de mi hija Naomi con el conde Eduardo, decimosexto hijo de mi primo Maximus, y de Esmeralda, mi séptima hija, con el duque de la provincia Sur del reino.

—¡Ahh! —exclamó Amanda al escuchar la noticia—. ¡No puede ser! ¿Celebración?

Amanda guardaba luto en su corazón desde la muerte de su madre y todos estos años había incitado constantemente a su padre para que él también lo guardara. La muerte de su madre había impregnado en su alma una huella de oscuridad y tristeza. Para ella, mientras todo fuera más oscuro y triste, mejor.

En ese tiempo, desarrolló un espíritu controlador, era manipuladora en todo lo que hacía o pensaba.

—Veremos si a las novias les agrada la noticia —con expresión maligna, dijo Amanda a Lea, ya con una estrategia en su mente.

En la sala del trono...

—Pero, padre... ¿cómo puede tomar decisiones tan importantes sin tenernos en cuenta? —Las palabras de Naomi resonaron en el aire. La preocupación y el desconcierto se reflejaban en su rostro. La noticia de su inminente matrimonio había llegado como un súbito torbellino.

—Eso mismo expresé yo al escuchar —murmuró Amanda con voz ligeramente maliciosa, simulando preocupación. Tenía intenciones ocultas y deseaba alimentar la mente de Naomi con intriga, jugando con sus palabras para manipularla—. Creo, hermana, que por ser la mayor y heredera al trono deberías hacer valer tu voz —Amanda continúo, añadiendo un toque sutil e influyente en su comentario.

—Si, eso haré. Es hora de mostrar que no soy débil como algunos me creen.

—¡Muestra tu fuerza, hermana! —Amanda la animó y secundó con sarcasmo.

Pasada una hora, Naomi se presentó ante su padre, predispuesta. Lo que sería de júbilo y dicha, se había vuelto un conflicto. Naomi expuso ante su padre argumentos tontos, dejándose llevar por las palabras de

Amanda, y exigió derechos sin lógica ni interés de razonar debido al enfado. Por eso, el rey convocó a sus hijas a una reunión familiar. En el salón de los invitados solo se escuchaba silencio, rara vez el rey convocaba a todas las princesas ante su presencia.

—Las he reunido aquí, hijas mías, porque lo que voy a decir va a prevenir discusiones, criterios, puntos y desacuerdos entre ustedes, tanto presentes como futuros. Para todas ustedes, mis hijas —continuó hablando el rey en medio del silencio—, con mismo derecho de nacimiento y amadas de forma incondicional, hoy les daré un decreto, pero antes quiero poner fin a una situación. —El rey desvío su mirada a Naomi, que con sus gestos manifestaba incomodidad—. Naomi, un paso al frente.

—Diga, padre —Con postura erguida e inquebrantable, Noami obedeció.

—¿Amas a Eduardo?

Ante la pregunta Naomi quedó aturdida.

—¡Responde! —su padre, enfadado ante su silencio, exigió respuesta.

—¿Por qué pregunta eso, padre? —respondió, enojada—. Si usted, majestad, sabe que para mí solo existe Eduardo —continúo con ironía.

—Entonces, ¿por qué este alboroto? —Con puño cerrado, el rey dio un golpe en el apoyo de su silla.

—Jiji... —se escuchó el murmullo de la risa de Amanda en el salón.

—Padre, ¡es que no me lo dijo primero a mí. —Naomi argumentó.

—¡Calla! —el rey interrumpió— Si hay amor, no se necesita consulta ni protocolo. La boda se realizará, y ya. Como padre, siempre he respetado el sentimiento y la decisión de cada una, pues quiero que su relación sea pura y por amor, como la mía con su madre. Por otro lado, si no estás de acuerdo, la boda se cancelará, pero tendrás consecuencias... —El rey hizo silencio—. En adelante, no podrás ver a Eduardo.

—¡No, padre! Yo soo... lo… —la voz de Naomi comenzó a temblar al sentirse avergonzada.

—¡Silencio! —su padre volvió a interrumpir con vigor—. Vuelva a su lugar.

Al término de las palabras del rey, el magistrado hizo entrada portando en su mano el libro de las crónicas (en este libro se registraban todos los acuerdos, las leyes y las disposiciones del rey; lo escrito allí era de estricto cumplimiento e irrevocable). Ante su llegada, las chicas se inquietaron.

—Hoy, a quinientos años de mi reinado y tres milenios de legado familiar, dispongo, en pleno juicio y facultades legislativas, que el heredero al trono, mi sucesor, no será por derecho de primogenitura…

—¡Ahh! ¿Cómo? —Se escuchó un gran murmullo en la sala ante las exclamaciones de las princesas. En silencio, el rey observó sus reacciones.

—¡Padre! ¿Se volvió loco? —exclamó Naomi.

—¡No puede ser! —dijo Azucena.

—Guao... ¡que emoción! —Remy observaba, emocionada.

—Seremos nosotras, Carmencita —la voz de Delicia sobresalió con entusiasmo.

—¡Chhhuuuunnnnn! —el rey emitió un sonido para llamar la atención. Era gracioso ver el rostro y las expresiones de las princesas ante la noticia, que solo contaba con la mitad de su contenido—. El heredero al trono —prosiguió el rey— no será por orden sucesivo ni derecho de nacimiento, como dispuso mi padre antes que yo; sino que hoy establezco un nuevo decreto: mi sucesor será…—Hizo una pausa de unos instantes para seguir disfrutando de las reacciones de las princesas—. Mi primer nieto varón.

El asombro y el murmurar en el salón fue aún mayor al completarse el decreto. Aun el rostro del magistrado revelaba su sorpresa. La mayoría de las princesas se disgustaron ante la noticia, pues muchas aún no tenían propuesta de matrimonio, pero todo estaba planificado por el rey. Aunque sus hijas estaban lejos de comprender, el rey con sabiduría actuaba. Al no tener descendiente varón protegía su legado familiar, pues siempre venían muchos "caza princesas", quienes cual lobo devorador de ovejas buscaban el matrimonio, solamente interesados en alianzas, beneficios y recompensas. El rey no quería para sus hijas un futuro lleno de disputas, sino de igualdad. Y este decreto les protegería de ello. Para Naomi, este decreto cambiaba su vida y la esencia de su orgullo, pues la primogenitura era su corona, lo que siempre mostraba con altanería ante sus hermanas, y de ella siempre tomaba ventaja.

—Fueron tus futuros planes arruinados —dijo con ironía Amanda a Naomi, al salir del salón—. ¡Ja! Ya te creías reina… —Un gesto de burla se dibujó en sus labios—. No puedo aguantar la risa. ¡Ja, ja!

—Sí, Eduardo y yo teníamos planes —dijo Naomi ante las palabras irónicas de Amanda—. Bueno, los tenemos, aclaro para callar tu risa, hermanita —con sarcasmo Naomi respondió.

—A los planes, ¡planazos! —Amanda, no quedándose callada refutó, tarareando sus palabras en forma de canción—. Concéntrate, como lo haré yo, en procrear un hijo varón.

—¡Uhmm! No sé con quién vas a procrear. —Ahora era Naomi quien mostraba su sonrisa, desafiando a su hermana.

Por más que el rey buscara igualdad y comprensión entre sus hijas, veinte era un gran número y muy difícil de controlar.

Pasado un mes, todos en el reino respiraban aires de esperanzas dentro y fuera del palacio. Con alegría y gozo, los preparativos de las bodas se ejecutaban; solo un problema había: los futuros esposos a la hija menor del rey no conocían. En las calles difamaban a su última hija por su apariencia y al rey le preocupaba la reacción que ellos podrían tener ante la mancha de Blanquita, símbolo de impureza en su cultura.

Para las personas con afecciones genéticas y discapacidades: cojos, mancos, ciegos, leprosos, enfermedades crónicas y demás impurezas, como le llamaban, existía en el reino bionuez un lugar, el Rincón de los

Repudiados. Era un territorio del reino donde enviaban a este tipo de personas. Familias enteras que no querían despreciar ni desterrar a sus hijos y seres queridos vivían ahí con ellos. En el segundo milenio, el tataratataratatara abuelo del rey Nao lo había establecido mediante una ley, ya que muchos casos de malformaciones iban apareciendo. Sin embargo, Nao nunca estuvo de acuerdo con esta ley; era benevolente al respecto y disponía recursos y alimentos para ellos. Amanda siempre quiso enviar allí a Blanquita, pero su padre prefirió a su hija antes que cumplir estrictamente la ley. Y por esto hubo conflicto en el Senado, por la excepción hecha con la princesa, pero tras mucho tiempo y debate, el rey obtuvo apoyo incondicional. Por eso, el rey tenía mucho cuidado al exponer a su hija menor al público.

Bufé preparado con todo tipo de delicias: frutas, hongos, vegetales y hortalizas acorde a su tamaño eran en canteros cosechados. Para ello, los bionueces cortaban sus raíces de modo que no crecieran más allá de la estatura deseada. El bufé se encontraba en el traspatio, con una hermosa vista llena de flores que perfumaban el lugar. Como bebida en la fiesta había vino de savia (especialidad bionuez) y el placentero coctel de gusano, cuyo componente principal era el gusano revoltón sumergido en néctar. Como plato real servirían filete de lagarto con pizquitas de comino, el favorito del rey.

—¡Dame eso, Remy! Es para mí —dijo Magda, balaceándose sobre su hermana para quitarle un atuendo.

—No, este tiene el color de mi coleta, encuentra otro. Sino le diré a Sucet que arruinaste mi conjunto.

Desde los pasillos de algunos salones, se escuchaban las disputas y opiniones de las princesas que se preparaban para el banquete y la presentación de los novios.

—¡Qué bella, Naomi! Estoy segura de que es la primera vez que Eduardo te verá así de hermosa —expresó Lea al ver el arreglo de Naomi. Su vestido era color rosa pastel, con chispas de rosas rojas que resplandecían y unos zarcillos de enredaderas cubrían sus hombros.

—¡Yo necesito ayuda! —dijo Esmeralda alzando su voz desde el otro lado de la habitación, tratando de ajustar sus zapatos.

—¡Nosotras te asistiremos! —a una voz respondieron Lilita y Flor, siempre dispuestas y listas para toda ocasión.

Todas se esmeraban por arreglarse, deseando causar una buena impresión en la fiesta. Blanquita también se alistaba con entusiasmo, buscando algo que complementara su mancha y combinara. Sus hermanas estaban emocionadas por interactuar con los chicos que vendrían con las visitas, los familiares y los amigos de los novios. Algunas de las princesas estaban acostumbradas a estos eventos pues visitaban las provincias del reino, pero para Blanquita era su comienzo en sociedad, algo inexplorado. Por primera vez entablaría conversación con bionueces del exterior y deseaba lucir su mejor semblante y atuendo. Lilita, Flor y ella, por ser las más jóvenes de la familia, no obtuvieron las mejores vestimentas como las demás, pero a pesar de ello, Blanquita estaba determinada a causar una buena impresión mostrando su autenticidad.

—Tuc tuc… —Alguien llamó a la puerta; era el rey—. ¿Interrumpo? —preguntó.

—¡Ahhh! —todas gritaron al escuchar a su padre y corrieron de un lado a otro para no ser vistas, pero fue en vano, pues el rey quería revisar sus vestidos antes de la ceremonia.

—Veo que están listas y hermosas mis hijas —el rey las observó minuciosamente, pasando de un lado a otro frente a ellas—. Y las novias, como pastel bien decorado, pero sin poder probar. ¡Jaja! —dijo, halagando a las novias mostrando una sonrisa de orgullo.

—Jijiji —Flor dejó escapar una pícara risa, secundando a su padre.

—Al verlas, puedo decir muchas palabras, pero en dos las resumo: estoy orgulloso. —Por un momento, el rey volteó su mirada hacia Amanda—. ¿Por qué ese vestido tan serio, hija?

—Aún llevo luto, señor. —De manera prepotente e inesperada para el rey, Amanda levantó su mirada desafiante. Ante tal actitud, el rey emitió unas palabras.

—Mis amadas hijas, hoy nuestra familia abre las puertas a un nuevo comienzo.

—Un nuevo comienzo forzado, para algunas —siguió replicando Amanda.

—Hija, ¡aún sigues con esa actitud! Eso no te hace bien. Aunque ya eres mujer, sigues siendo una pequeña para mí. —El rey se acercó y, tomando sus manos con dulzura, trató de calmar su postura rebelde—. Sé que ha sido difícil para ustedes, especialmente para ti, que Mamá no esté, pero hoy caminamos para ver su sueño hecho realidad. Ustedes eran su sueño, su futuro. —Ante tales palabras, los ojos del rey se humedecieron.

—Nunca has entendido lo que sucede —dijo Amanda, nuevamente a la defensiva—. Hablas de felicidad, de sueños, ¿y acaso no era el sueño de Mamá estar con nosotras? Si no hubiera nacido ella —con una mirada llena de ira, giró su cuerpo y señaló a Blanquita—, hoy sería todo feliz. —Sin esperar respuesta, enfurecida, soltó el brazo de su padre y se marchó.

En los ojos de Amanda nunca se veían lágrimas, sus sentimientos eran cual azufre, estancados en un volcán que constantemente ardía. Como padre, Nao no encontraba forma alguna de hacer entrar en razón a su hija y aliviar su dolor. Para Blanquita también era dolorosa esa situación: no había tenido la oportunidad de conocer a su madre y no entendía cómo Amanda había olvidado tan pronto los buenos momentos vividos junto a ella. Las palabras de su padre la inspiraban profundamente y le recordaban lo que su madrina repetía en memoria de su madre, una frase entre la reina y sus hijas que se entonaba en una dulce canción: "No mires los tropiezos de la vida, atesora los recuerdos y los bellos momentos. Así verás que, al pasar del tiempo, como neblina que viene y va, todo florecerá y vencedora te llamarás".

—Madrina, estoy nerviosa. —Pasado el momento de tensión y de nostalgia, la nodriza aplicaba los últimos retoques en el rostro de Blanquita para la fiesta.

—Verás, hija, todo saldrá bien... —le dijo con cariño, mientras ajustaba su cabello. A Blanquita le gustaba soltar su cabello, pero debía de usar coleta hasta sus veinte años, pues a esa edad, los bionueces llegaban a su adultez. En ese plazo de tiempo, su organismo creaba una sustancia que emitía un grato olor a nuez, que a su vez hacía resistente su piel y, por ello, sus años de vida eran prolongados, permaneciendo jóvenes hasta los doscientos años.

Los novios, los familiares y los amigos esperaban inquietos el comienzo de la ceremonia. Por años se había anhelado la unión que en los próximos días se celebraría. Primero hicieron su entrada las novias comprometidas y después, sus hermanas, en orden consecutivo según la de edad, como era costumbre. Sus trajes, sus arreglos, todo lucía en perfecta armonía. Se escuchaban los elogios de los presentes; sus hermosas figuras resaltaban.

—¿Quién es esa? —alguien levantó su voz. En instantes, las miradas se voltearon hacia la más pequeña de las princesas, quien venía rezagada.

—¡No se asombren, invitados! Es mi hermana, Blanca, quien nos enseña su hermosa mancha. —Otra voz retumbó en el salón, haciendo una rima desagradable para los presentes. Era Amanda que, aprovechando el momento, trataba de burlarse de su hermana y avergonzarla—. ¡Un aplauso! —continuó diciendo, a lo cual nadie respondió.

Ante tantas miradas, Blanquita se paralizó y su rostro en una fresa se convirtió de puro rubor. Por vez primera, experimentó un sentimiento de vergüenza por su rareza. Ella se sentía única y privilegiada por su mancha, como siempre su madrina le enseñó, pero en ese instante deseaba ocultarse cual mariposa en un capullo. Con los nervios de punta, sintiendo hormiguillas en todo su cuerpo, solo atinó a correr, correr y correr, alejándose de todos.

La ceremonia continuó sin Blanquita. Para no desviar la atención, el rey intencionalmente no hizo ningún énfasis en lo ocurrido; todo procedió según lo planificado. Amanda se pavoneó, jactándose de su hazaña, más nadie le secundó; solo gestos y expresiones negativas recibió. Su padre intentó aparentar regocijo mostrando una sonrisa, pero la realidad era que sentía un gran desconsuelo ante la conducta y las palabras inoportunas e hirientes de Amanda. Su rostro claramente un mensaje de desaprobación trasmitía. Amanda pensó que la vergüenza solo repercutiría en su hermana, pero al recibir el rechazo de todos (de sus hermanas, su padre, sus amigos, y aún de Jetro, el chico que le aceleraba el corazón), experimentó un sentimiento de culpa sin igual.

—Uhmmm… —se escuchó un llanto a orillas del riachuelo. Allí, en su lugar secreto, Blanquita se desahogó. Liberándose de todas las presiones, dejó salir su dolor y se consoló con los sonidos del viento. Era relajante oír la hermosa melodía que el sonido de los animales, el canto de los tomeguines y el croar de las ranas componían. Su alma dolida sentía alivio al mezclar sus lágrimas en las aguas. *¿Por qué a mí? ¿Por qué Amanda me humilla, no he demostrado que le amo?*, decía en su interior. No había expresión, no había palabras suficientes; solo un lamento en lágrimas que fluía al exterior.

—¡Holaaa! ¿Hay alguien ahí?

El sonido de su lamento fue interrumpido por una joven voz que resonó en el aire. Al escucharla, Blanquita se sobresaltó. Rápidamente secó sus lágrimas y moviéndose con cautela examinó el entorno, pero no vio a nadie.

¿Quién será?, se preguntó.

—¿Por qué lloras? —Nuevamente, la voz resonó en el aire, llenando el vacío de silencio que reinaba en el lugar. La incertidumbre invadió a Blanquita y, atemorizada, adoptó una posición defensiva sin expresar palabras—. Sé que estás ahí, pude escuchar tu lamento y tu dulce voz — insistió el desconocido.

—¿Quién eres? ¿Cómo conoces este lugar? ¡Muéstrate! —Blanquita gritó al aire algunas palabras y se preparó para la defensa.

—Tranquila... —dijo la joven voz al escuchar el hablar tembloroso e inseguro de Blanquita—. El eco de tu voz llegó a mis oídos, despertando en mí el interés de conocerte —continuó hablando serenamente—. Puedo escucharte, pero no visualizar tu rostro, ni entender tu presencia. Con determinación he seguido el sonido de tu voz, pero hasta ahora no he logrado encontrarte, solo escucharte.

—Grumm... grummm —Fuego, su leal compañero, en señal de alerta sacudió su cabeza. Se había convertido en el guardián de Blanquita y actuaba de acuerdo el entrenamiento, mostrando el lazo invisible e inquebrantable que existía entre ellos.

—¡No confío en lo que dices! Muéstrate, o te... —con voz prepotente, Blanquita amenazó a la joven voz.

—Jajajaj... No entiendes. —La joven voz la interrumpió con el sonido de sus carcajadas—. Por mi deducción, creo que solo nuestras voces se conectan en este lugar. —Blanquita no respondió y, en silencio, volvió a examinar del lugar. Después de rebuscar durante unos minutos, dijo:

—¿Estás ahí?

—Sí, esperaba por tu atención. Jajaja. Me pareces muy simpática.

Blanquita se molestó por sus palabras jocosas, aunque en su risa pudo discernir la masculinidad de la voz.

—¿Cómo es que tan solo nuestras voces escuchamos? —Blanquita decidió seguir la conversación con fines de investigación. Todo lo que la joven voz describía sonaba misterioso e interesante. A Blanquita le encantaba investigar, y esta situación hacía vibrar su corazón. Como toda una inspectora aceptó el desafío, mostrando confianza y entusiasmo.

—Como te dije —la joven voz, educadamente, comenzó a explicar su punto de vista en detalles—, he tratado de encontrar el sonido hacia ti, pero sin resultado alguno... Yo estoy junto a un río, en un lugar muy especial para mí, apartado.

—¡Yo también! —Blanquita interrumpió, llena de entusiasmo; una sensación de extraño bienestar recorrió su cuerpo y sus sentidos.

—Describe el lugar donde te encuentras —dijo la joven voz prestándole especial atención a sus palabras.

—Bueno, es un lugar solitario, también junto a un río…

—¿Qué más? —Ahora era la voz la que ansiosamente interrumpía—. ¡Escucho tus palabras, tan cerca y cálidas!

A orillas del río, establecieron conversación Blanquita y la joven voz. Sus palabras y sus sentimientos se mezclaron, despertando emociones profundas, como si fuesen viejos conocidos. Cada uno describió el lugar donde físicamente se encontraban, hasta a milímetros del agua sus rostros quedar. En ese momento, el latir de sus corazones se hizo veloz y un escalofrío apasionado recorrió sus cuerpos. Esa sensación era única y nueva, tanto para Blanquita como para la voz. Tocarse era imposible, solo las aguas podían observar, pero cual magia podían sentirse en la distancia.

—Estoy casi tocando el agua —dijo Blanquita con voz temblorosa y apagada, después de sentir por unos minutos sensaciones cerca de las corrientes del riachuelo.

—¡Ahhh! ¡Guao! Es increíble, ¡puedo sentirte! —declaró con emoción la joven voz a orillas del río. Con sus ojos cerrados disfrutó la sensación—. Pon tu mano en el agua —dijo, y Blanquita obedeció. Una corriente recorrió ambos cuerpos—. Uhh ¡maravilloso! —dijo la joven voz, lleno de placer, como si un tesoro hubiese descubierto—. ¿Quién eres? ¿Por qué hace unos instantes llorabas? —compasivamente preguntó, el lamento de Blanquita retumbaba en sus oídos—. Sentí que tu alma tenía un gran pesar.

—Quién soy no importa. —Blanquita evadió su pregunta; no quería revelar quién era. Temía que su posición de princesa arruinara esta experiencia, esta nueva amistad—. Como una voz te conocí y una voz seré para ti, eso será el sello de nuestra amistad.

Sin reservas, Blanquita comenzó a contar sus penas y su dolor. Por primera vez, experimentaba un grado de confianza sin igual.

No había barreras ni temores ante la presencia de la joven voz. Vaciaba su alma y entregaba su corazón; mientras hablaba, la desdicha y la tristeza se desvanecían. Él, junto a las frías aguas del río; ella, a orillas de su riachuelo.

En el palacio todos estaban preocupados por Blanquita, El rey había enviado guardias a buscarla, pero en vano fue. Después de tres horas de ausencia, su padre, al verla en la entrada de unas de las puertas en el lado sur, presuroso caminó hacia ella para asegurarse de que estuviera bien. Todos los cercanos a ella, incluyendo sus hermanas, le expresaron cariño. Esperaban verle, triste y cabizbaja después de lo sucedido en la ceremonia, pero ahí estaba Blanquita, feliz.

Amanda, quien desde un balcón observó su llegada, por primera vez su alma sintió compasión por Blanca, como la nombraba. A pesar de su conducta áspera, sintió deseos de abrazarla como lo hacían sus hermanas.

Las salidas de Blanquita a su lugar secreto fueron cada vez más seguidas, ya que tenía un nuevo amigo y confidente, la joven voz. Ambos un reporte, de sus días comentaban como acuerdo de amistad. Bromas, chistes, carcajadas se escuchaban en todo el en el lugar mientras conversaban. Quien los viera diría: locura hay en ellos, pues solo podían observar a dos jóvenes en solitario hablando a orillas de un manantial. ¿Cómo esto acontecía? Fácil de explicar: el riachuelo creado dentro del árbol fluía al exterior como río caudaloso, compartiendo su nacimiento. Las corrientes de las aguas se movían de un lugar a otro y, de esta manera, el sonido de sus voces también se transportaba. Ese era el misterio que cual magia ellos percibían.

En lugares remotos, donde la creación trasmite paz y serenidad, ambos jóvenes encontraron su espacio. Allí podían ser auténticos y hablar con sinceridad. El poder de ese momento era tan fuerte, que transformaba el pesar en esperanza, la tristeza en risa, el dolor en una suave brisa. El riachuelo, el río y la joven voz se convirtieron en testigos silenciosos de sus emociones y sus sentimientos.

Las hermanas notaban distraída y extraña a Blanquita. Ella mostraba interés en los buenos modales y la cortesía, aunque siempre de esas clases había huido. Frente al espejo muchas veces la encontraban, intentando combinar trajes y practicando frases. Últimamente, siempre apresurada la veían. Entonces, cuchicheos había de boca en boca: "Blanquita está enamorada", decían sus hermanas y a escondidas la observaban. Formaron turnos para seguirla; hasta a Amanda en tal confabulación envolvieron. Todas querían saber por qué Blanquita había cambiado, pero imposible era rastrearla: la muy astuta por árboles subía y a mucho intentar en ridículo a sus hermanas ponía.

Era deleite del rey apartar tiempo para observar a sus hijas, principalmente durante el recreo. Se llenaba de bellos recuerdos cuando las miraba, cual sueño su infancia a su mente llegaba, tan diferentes todas y, a la vez, tan únicas.

—Padre. —Amanda interrumpió los recuerdos del rey. Cual zorrillo en silencio también observaba a sus hermanas en el recreo.

—Oh, hija. Ahí estas, dime —dijo su padre, un poco sorprendido.

—¿Te has fijado en Blanca? —dijo nuevamente con pretensiones maliciosas.

—¡Aaaa! ¿Blanquita? Claro, hija, se ha puesto muy agraciada tu hermana. Su piel y su figura son una copia de tu madre. ¡Ja! Hasta su mancha luce hermosa —dijo con orgullo el rey—. Ya está próxima a sus dieciocho años. Es increíble cómo el tiempo juega con los días y el destino, hija, ¿no crees?

—Padre, ¡no es eso! —refutó Amanda—. Para mí sigue igual de rara. Mi punto es… ¡que mires sus movimientos y sus conductas! —dijo entre dientes, señalando a Blanquita desde el balcón.

Ahí estaba Blanquita, tras unos matojos, creyendo no ser observada. Fingía un ataque; su enemigo de entrenamiento, un árbol. Espada adelante, atrás. Giraba con una voltereta y saltaba sobre unas setas, como si fueran escaleras: un, dos, tres, trepaba sobre el enemigo (el árbol) y se lanzaba.

—Ja, ja. ¡Qué ocurrencia la de tu hermana! —su padre celebró sus acrobacias.

—Padre, ¿es que no ves? ¿Acaso estás ciego? —Amanda levantó la voz, mal humorada.

—¡Eh! ¡Eh, detente ahí! ¿Muchachita, a que viene ese carácter? —expresó el rey, confundido ante la conducta de Amanda.

—Padre, es que tu vista está nublada. ¿No ves que actúa como hombre, no como una princesa educada? ¡Eso es una vergüenza para el reino!

Siempre dije: "¡Tomemos medidas con la pequeña!". Tiene conductas raras, anda a escondidas, saltando siempre de aquí para allá. —Amanda comenzó a hablar haciendo su característico teatro, con ojos humedecidos, para lograr comprensión de su padre y, colocando una mano sobre su rostro, simuló vergüenza—. Incluso anda enamorada, y sabrá el Creador de quién. —Por un momento, contuvo sus palabras—. Por eso, sugiero que la envíes a un reformatorio —dijo sus últimas palabras casi en murmullo para evitar ser corregida.

—¡Que tonterías dices! —su padre replicó, encolerizado, y se quedó pensando en sus palabras por un momento—. ¿Un reformatorio? —Siguió pensando y dijo explosivamente—: Hasta ahora he escuchado todo tipo de acusaciones sin sentido contra tu hermana, ¡pero hoy te has pasado! Tu hermana solo muestra destreza y habilidad. ¡Siempre estas con la misma obsesión, desde su nacimiento! Y… ¿enamorada? ¡No me hagas pensar más allá ante tus palabras! Pues esta vez tomaré medidas contigo.

—No, padre, no te ofendas… No pienses mal de mí, no estoy diciendo tonterías —Amanda rápidamente replicó, haciéndose la víctima—. Pero si te niegas a aceptar la realidad, no soy digna de tu tiempo. —Dramatizando toda una escena de maltrato, se marchó.

—Soy bienaventurado por tener hijas, ¡pero desdichado por no poder darles unos buenos azotes! —El rey elevó sus palabras al cielo, mientras veía a su hija marcharse.

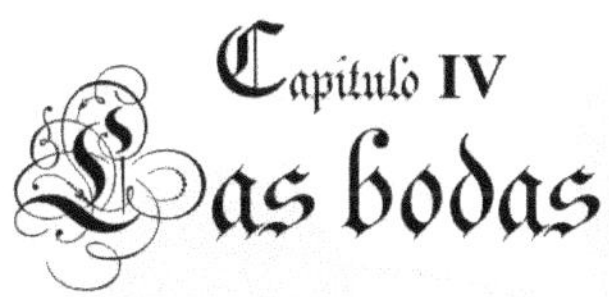

El palacio abrió sus puertas a las bodas, el día tan esperado al fin había llegado. Todas las familias importantes del reino y algunas familias de la población habían sido convidadas.

Desde el amanecer, las princesas se habían puesto al servicio de la ceremonia. Las hermanas mayores en el arreglo de las novias ejercían sus dones; Safira, Azucena, Ileana y Mera eran las encargadas de los adornos para el salón y la ceremonia. Lea y Amanda se ocuparían de recibir a los invitados, pues Amanda deseaba presentar sus disculpas a Jetro el hermano de Eduardo por lo acontecido en el día de las fiestas. En esta ocasión, el rey se sentía tranquilo respecto a Blanquita, pues algunos la aceptaban; aun así, sugirió colocar un adorno en su cabello para disimular su mancha.

Al atardecer, todo estaba listo y preparado. La ceremonia se celebraba en el jardín exterior, donde el pasto era verde y las enredaderas frondosas formaban un arco. La senda estaba adornada con tulipanes dispuestos como farolas que llegaban al altar, blancos y rojos sus colores. En su interior habían introducido luciérnagas que proyectaban una tenue luz para iluminar alrededor. Toda la decoración era puro esplendor.

La ceremonia iba a comenzar. Una música agradable recorría todo el lugar, junto a la melodía de un coro angelical; el entorno natural perfecto para el momento festivo. Los flautines hechos con pequeños tallos de calabazas elevaban sus notas. Sin más hicieron entrada los novios, acompañados por dos damitas pequeñas que representaban a su linaje familiar. A continuación de las damitas en representación de la familia real, hicieron su entrada Remy, Lilita, Flor y Blanquita, con sus diversos atuendos. Remy, de amarillo, con un vestido confeccionado con hojas de margaritas. Lilita, en honor a su nombre, de color malva como la orquídea se vistió. Flor mostraba oronda un vestido ajustado de pétalos color rosa, que tenía una cola bien larga con la intención de llamar la atención. A Blanquita el color marrón le correspondía, más desagradable la idea le parecía, entonces, por inspiración propia otro color usó. Su atuendo consistía en un refajo de un verde tan profundo como el bosque, que llegaba justo a la altura de sus rodillas. Este refajo, confeccionado con un delicado tejido, se ajustaba a su figura con gracia, similar a el refajo de Flor. Pero la verdadera maravilla estaba en el vestido dispuesto sobre el refajo. Eran las propias alas de abejas convertidas en un espectáculo de moda. Este vestido, creado con meticulosa habilidad, formaba una especie de capa transparente que flotaba por encima del refajo verde. Las campanillas parecía haber sido tejida con hilos de luz y aire, creando una sensación de fragilidad y a la vez de asombroso poder; modeladas a partir de las alas de abejas, eran como pequeñas obras de arte en sí mismas. Cada una presentaba una delicada estructura, con detalles minuciosos que capturaban la esencia de la naturaleza. Al moverse, el vestido parecía cobrar vida. En conjunto, el traje de Blanquita era un homenaje a la belleza del Creador y a la elegancia real. Cada detalle, desde el verde profundo del refajo hasta las campanillas de alas de abejas que danzaban en el viento, formaba un conjunto que deslumbraba los ojos y encantaba el corazón. Para cubrir su mancha, su pelo dividió. El color castaño de su pelo suelto hacia delante y el blanco como capullo de mariposa envolvió, con pequeñas flores de adorno a su alrededor. Todos fascinados quedaron ante su belleza.

Ubicados los novios y las damas de honor en el altar hicieron su entrada las novias. Era costumbre bionuez que las novias, vestidas de blanco, descendieran de lianas y, entonces, todos lanzaban pétalos de flores y en un manto de pétalos las novias se posaban sobre el altar.

—¿Acepta usted, conde Eduardo, a Naomi, primogénita de las princesas, como esposa legítima y primera...? —pronunció un anciano las actas matrimoniales—. Y, usted, Sebastián, duque de la provincia Sur, ¿acepta a Esmeralda, octava hija del rey Nao, bajo las misma condiciones y acta nupcial?

—Acepto —dijo Eduardo.

—Acepto —secundó Sebastián.

—Entonces, prosigo con las princesas, bajo los mismos acuerdos, ¿aceptan...? Interrumpiendo al anciano, Naomi y Esmeralda, coincidieron al exclamar:

—¡Aceptamos!

La risa de los invitados causó alboroto en los presentes, ante lo cual el rey, apenado, con una sonrisa entre labios dijo:

—Estas hijas mías...

Sin más demoras, los novios se besaron. Con tres besos se sellaba el pacto: uno en cada mano y uno en los labios.

—¡Uhhh! —Unánimes, todos gritaron de regocijo y, luego, al brindis pasaron.

—¡Qué emotiva la ceremonia! Pensé que habría más bullicio —le comentó Amanda a Sucet, luciendo un rostro diferente e iluminado. Para el rey era agradable ver a su hija involucrada en la ceremonia y en los festejos, no sumergida en la amargura del pasado.

—Sí, hermoso momento —suspiró Sucet—, pero yo deseo disfrutar la vida primero: pasear, viajar, coquetear antes de semejante compromiso. Hermana, ¿escuchas? —Las palabras de Sucet sonaban lejanas. La mente de Amanda y su mirada estaban puestas en Jetro—. ¡Hey! Estoy hablando con Amanda... —dijo Sucet—. Se me olvidaba que está enamoradita — Empujándola suavemente, Sucet bromeó con ella—. Sabes, te daré una mano con esto del enamoramiento, pues tan astuta eres, pero en el amor eres boba.

—¡Hola, Carlos! —Sucet caminó junto a Amanda hacia su amigo Carlos, primo de Jetro.

Tratando de entablar una conversación para ayudar a su hermana.

—¡Hola, mi chica favorita! —dijo el joven, besando su mano. Pues en cuestiones de moda, Sucet era bien famosa y tenía muchos admiradores.

Entre risas, palabras pícaras y bromas, conversaron un buen rato con los amigos de Carlos, pero durante ese tiempo Amanda ningún fruto cosechó.

—Lo siento, hermana —expresó Sucet a Amanda, apenada—. Parece que el chico interés no tiene en ti.

—Pero me miró y hablamos directamente unos minutos... Me sentí diferente. ¡Ahh! —Amanda suspiró tiernamente, reacción extraña en ella.

—¡Vaya, lo que hace el amor! —dijo Sucet asombrada, al ver su reacción. Era novedad ver a Amanda con tal expresión; ella siempre estaba rígida, con semblante áspero—. Te aconsejo, hermana, que te tomes tu tiempo. Quizáz, si eres romántica, arreglas un poco tu estilo —mirándola como a una de sus modelos, Sucet sacudió su pelo—, Jetro, más adelante, como mujer te mire —expresó, dándole esperanzas.

—Está bien, hermana, pensaré en tu consejo. —Amanda dejó a Sucet con la boca abierta. Ella conseguía todo con su manera de ser y, ahora, ante la sugerencia de Sucet, se sentía frustrada. Le era imposible controlar tal desilusión, estaba afligida. En todo momento dominaba sus impulsos, sus expresiones, aun sus sentimientos cual domadora de animales salvajes. Sin embargo esto que ahora experimentaba era nuevo. Merecedora de atención, con antojo siempre lograba sus deseos. Apenarse por los demás después de la muerte de su madre le resultó ajeno. Y, ahora, qué ironía, el desprecio de Jetro vulnerable y débil la hacían sentir. En su pensamiento, el rostro de Blanquita se proyectaba cual espíritu que le quitaba el sueño. Internamente escuchaba voces que decían:

"¡Despreciada! ¡Despreciada! ¡Despreciada!". Su conciencia le asediaba. Sumergida en sus pensamientos, exclamó:

¡Basta ya! ¡Lo siento! Está bien, perdón, hermana. ¡No quiero que me pase a mí! ¡Calla! ¡No me digas despreciada... calla!

A solas en el jardín, Amanda batalló con una voz interna que la torturaba y a las estrellas, desesperada, gritaba. El contenido denso retenido por años en su interior comenzó a fluir al exterior como lágrimas. Un profundo arrepentimiento deshizo el dolor y dio paso al amor.

Mientras tanto, Blanquita aprovechó para darse una escapada cuando muchos aún en la fiesta estaban. Deseaba contarle a la joven voz la experiencia vivida en la ceremonia. Su mente se trasportaba a una ceremonia puramente imaginaria, donde ella tomaba la mano de su príncipe azul, como una historia que su nodriza le había relatado. En su interior, sentía mucha emoción por contar cada detalle de la ocasión. Acomodó su vestido para escalar y una figura vio a unos pasos de ella, era su hermana Amanda. Acercándose, Blanquita escuchó su lamento y sus palabras gritadas al cielo y sintió deseos de abrazarla al verla así, tan conmovida y desesperada. Pero como no quería asustarla, contuvo sus impulsos. Entonces, cual rayo luminoso, recordó la voz de su nodriza vocalizando la hermosa canción compuesta por su madre, y su melodía entonó:

—♪♫...No mires los tropiezos de la vida, atesora los recuerdos y bellos momentos, así verás que al pasar el tiempo como neblina que viene y va, todo florecerá y vencedora te llamarás ... ♪♫

—¡Madre! —Amanda escuchó la canción y sintió confusión— Es real la canción. *¡Es su voz! ¡Madre!* —Blanquita se acercó a sus espaldas y Amanda, cual niña perdida, la abrazó—. Madre…—susurró entre sollozos.

—Amanda… —Blanquita dijo su nombre con dulzura, después de estar envueltas en un prolongado y sincero abrazo. Sentir por primera vez el calor de su hermana y estar en sus brazos era un sueño cumplido, y se sumió en lágrimas.

—¿Blanca? —Amanda reaccionó al escuchar su nombre. No era un sueño, era real, y era su hermana. Por un instante, su reacción solo fue mirar a su hermana sin expresar palabra.

El amor y la amistad entre las dos hermanas renació con el cielo y las estrellas como testigos. La pérdida y el rencor, enemigos de la felicidad del alma, se desvanecieron entre el cálido sentimiento de amor y de comprensión que Amanda empezó a experimentar mientras la observaba.

***

—¡Hello! ¡Llegué! —dijo Blanquita, acercándose a las aguas del riachuelo después de una intrépida carrera—. Siento llegar tarde. ¡Aaaaahhhh! —Suspiró—. ¡Todo fue extraordinario! ¡Hoy he recibido un regalo maravilloso que desde niña he anhelado!

—¡Gruummm! Sabes que te he esperado largo tiempo…—la interrumpió la joven voz, cortando sus emotivas palabras.

—¡Lo siento! —dijo Blanquita, con lamentándose y suplicando perdón como una niña pequeña.

—Parece que ha sido por una buena razón, pues te siento muy emocionada —dijo la joven voz, expresando comprensión. Él disfrutaba pasar el tiempo con ella y, en ocasiones, recorría las orillas del río con la esperanza de escucharla y conversar.

—¡Que tierno! —dijo Blanquita, simulando abrazos con sus labios a modo de gestos cariñosos—. Me siento realmente afortunada por tu espera.

—Y bien, ¿cuál fue el regalo?

—¡Ahhh! —Blanquita gritó y saltó de alegría.

Al escuchar el placer y la emoción que su voz trasmitía, él se sintió repentinamente celoso.

—¿Y cuál es el motivo de tanta alegría? —la voz interrumpió su emoción hablando ásperamente.

—¡Ahhhh! —Blanquita suspiró y rio consigo misma—. Mi hermana Amanda y yo nos dimos un abrazo.

—¡Ahhh... eso! —dijo la joven voz, aliviado—. Ya entiendo tu regocijo y tu satisfacción. —Por instante, sintió que podía perder la conexión con ella. Toda la tarde se había torturado pensado en la posibilidad de que ella conociera a otro chico en las bodas, y lo remplazara. Aunque no se habían encontrado físicamente, él la anhelaba con fervor. Las experiencias compartidas y las conversaciones que mantenían eran una parte esencial de lo que consideraba su mundo.

—Siento que seremos grandes amigas y que, en lo profundo de su ser, ella siempre me amó. —Blanquita continuó narrando todo lo sucedido.

La ceremonia, el beso; cada detalle, por pequeño que fuera, se lo relató. Para Blanquita él también era especial y tenía grandes deseos de conversar cada día con la joven voz, necesitaba escucharlo. El sonido de su sonrisa era luz a su corazón. Su entusiasmo era un bálsamo para sus días. Para él, escucharla era medicina —¡Aahh! —Blanquita volvió a suspirar y, perdida en sus propios sueños, murmuró—: Debo ir a la aventura y conocer el amor.

—¿Conocer qué? ¿A quién? —La joven voz reaccionó a sus palabras con igual velocidad.

—¡No me prestas atención! —Blanquita protestó, molesta porque sus pensamientos fueron interrumpidos, pero continuó—: Decía que deseo besar, amar… —Blanquita dejó fluir sus pensamientos en voz alta.

En su interior, la joven voz sentía dolor y, al mismo tiempo, cada detalle que Blanquita describía, él lo experimentaba. No podía tocarla, pero estallaba en deseos profundos por ella. Y tal descripción la imaginaba para sí: besarla, amarla solo a ella. Sus deseos eran solo por ella, su dulce voz.

—¡No irás! —expresó la joven voz, cortando la inspiración y el deseo de aventura de Blanquita—. No tienes mi permiso —dijo firmemente, con determinación.

—¿Qué dices? ¿Escuché bien? Acaso...—Blanquita trató de deducir las intenciones de sus palabras, pero ante su imposición una ira recorrió su cuerpo. Enojada replicó—: ¿Acaso eres mi padre?

—¿Qué? —Él se levantó, agitado, y apretó fuertemente sus puños—. ¡Uhhhmmm! ¡Tu padre! ¿Así me consideras?

—Bueno, mi padre es el que me impone su voluntad y se opone a mis… —refutó Blanquita su argumentación.

—¡Ve! Si ya has tomado la decisión y te molesta otra opinión, pues ¡adelante! —dijo la joven voz, interrumpiendo abruptamente la conversación, enfadado por los celos—. Pero si esa es tu actitud, debes saber que no regresaré. Ya tienes un papá: no querrás dos. —Sin decir más, se marchó enojado, y dejó a Blanquita atontada con su reacción. *¿Cómo puede verme cómo su padre? Un señor mayor. ¿Acaso soy un viejo para ella? ¿Eso aparenta mi voz?* Mientras caminaba, sus pensamientos comenzaron a susurrale, y se apartó del camino. Blanquita había quedado pensativa, sin palabras. Ignoraba la causa de su disgusto y, rebuscando en su interior, trató de encontrar una respuesta a su pregunta.

¿Mi padre? ¡No! ¿Qué es para mí? Al reflexionar, su interior se llenó de una gran aflicción. *Creo que cometí un erro*r.

Por supuesto que no era su padre. Era su amigo, pero seguía teniendo dudas, que la llevaron a hacerse preguntas: *¿Para quién se arreglaba? ¿A quién todos los días, cual deseo insaciable, quería escuchar?¿Quién era el que perturbaba su sueño? ¿Quién provocaba chispas y escalofríos en su cuerpo?* El fin a tantas preguntas era él; su presencia. La joven voz.

—¡Hahn! —Un dolor recorrió todo su ser. Encontrar el amor era su deseo y simplemente ahí, a su lado, había estado todo el tiempo. Deseaba una aventura que le provocara emoción y, junto al riachuelo, todos los días su alma percibía tal sensación.

Tenía la ilusión de ser amada, y a ciegas la joven voz amor le daba. Sus ánimos de conquistas desaparecieron; solo sentía melancolía y aflicción en su alma.

Después de caminar horas de un lado a otro, sin encontrar una solución a lo ocurrido, Blanquita se trazó un nuevo destino. Un destino que no había experimentado antes: el exterior.

Capítulo V
Revelaciones

Por años, Blanquita había deseado conocer a su pueblo, el que estaba fuera de las murallas del palacio. Su interior clamaba ¡aventura!, y esta era su oportunidad de mezclarse con ellos y conocerlos. Allá, fuera de los muros, obtendría respuestas. Sus deseos de ver, tocar a quien para ella solo había sido la joven voz se convertirían en realidad. Con pensamientos típicos de una adolescente y guiada por sus impulsos, se lanzó sin pensar en las posibles consecuencias.

Blanquita cruzó los muros que estaban cerca de su lugar secreto. Este era de difícil acceso porque su terreno colindaba con el Rincón de los Repudiados, en los límites del reino, y pertenecía a la provincia Sur. Después de recorrer un área extensa de abundante maleza, dijo:

—Vaya ¿*dónde estaré*? —apartando matojos y ramas que se interponían en su camino, hablaba consigo misma—. ¡Al fin conoceré a mi pueblo! —un gritó de emoción se escapó de sus labios cuando vio a un grupo de personas a lo lejos. Sin más, colocó una capa sobre su cabello y cubrió casi todo su rostro para que solo se vieran sus labios. Mirando con precaución, se acercó al lugar.

—Un poco de agua, por favor... —Blanquita, sedienta y agotada, se dirigió a una cabaña.

Por fuera, se veía acogedora y tranquila, por lo que decidió tomar un descanso.

—¿Eres la chica nueva? —dijo un señor mayor de barba gruesa y descuidada, poniendo frente a Blanquita una jarra de piedra. El interior de la acogedora cabaña era un salón lleno de mesas de apuestas, donde hombres y chicas con vestimentas ligeras coqueteaban y se divertían bajo los efectos del alcohol de plantas fermentadas.

—Sí, soy nueva por aquí —respondió Blanquita con ingenuidad mientras bebía el agua, asqueada por el aspecto de la vasija.

—¡Oye, Rata! —el hombre vociferó hacia el otro extremo del lugar—. La chica nueva esta acá.

—¡Señor! ¡Señor! —Blanquita rápidamente replicó con insistencia, pero fue en vano, pues la algarabía del lugar no dejaba oír su voz.

En respuesta al llamado, se aproximó un hombre joven y apuesto, con una joroba en su espalda y pezuñas muy largas. Miró a Blanquita, la tomó de la mano y le dijo:

—Acompáñame.

—¡Hey! —Blanquita se resistió. ¿Quiénes eran esos hombres? ¿Y qué querían con ella?

—¿No has escuchado? ¡De pie, no tengo todo el día para ti! Le prometí a tu madre que estarías en la cocina —con fuerza, el hombre la levantó de la silla.

—¡Eh! ¿A la cocina tan guapa chica? —levantó la voz otro hombre al ver la esbelta y juvenil figura de Blanquita—. ¡Debe estar en el salón! ¡Descubre su rostro! —Apenas dijo estas palabras, dos hombres, el jorobado que la sostenía y otro desconocido, se balancearon sobre Blanquita para quitarle la capa y exponer su cara. Rápidamente, ella hizo un giro, dos maniobras y liberó su mano, pero uno de ellos, bien ebrio, se lanzó sobre ella para atraparla. Saltando sobre una silla, Blanquita lo esquivó y salió corriendo salió del lugar a toda velocidad.

—¡Hahh! —Asustada y aliviada a la vez, Blanquita expresó—. ¡Qué sitio tan horrible!

Cuando recuperó el aliento, notó que sus pies la habían llevado a un entorno oscuro y frío. Un lugar sucio que olía a humedad, iluminado solo por las estrellas que acompañaban la noche. ¡No es el pueblo que mi padre y mis hermanas me describen!, repetía para sí.

Blanquita caminaba atenta, mirando con los ojos bien abiertos. Pese a lo mucho que deseaba salir de ese lugar sombrío, entre el cansancio y los nervios, sus fuerzas se desvanecieron. A poca distancia, vio unos bancos junto a un árbol y, sin pensarlo, caminó hacia ellos para tomar un descanso. Confiada, se sentó.

—¡Oh! —exclamó, sobresaltada. Junto a ella, había dos siluetas inmóviles.

Tratando de contener sus nervios, Blanquita intentó ver mejor. ¿Dos niños pequeños?, dijo en su mente cuando al fin pudo observar con claridad. Acurrucados en el piso, junto al banco, había dos chicos que buscaban darse calor entre sí. Uno de ellos, muy delgado, no parecía tener más de siete años, y el otro era más pequeño. Al verlos, Blanquita sintió un gran dolor en su pecho.

Al cabo de unos minutos, miraron a Blanquita.

—¡Hola! —dijo Blanquita con voz dulce cuando cruzaron miradas, y levantó su mano para saludarlos—. ¿Por qué están solitos? ¿Y sus padres?

—¡Suuuuu! —dijo uno de ellos en tono de susurro. Asomó su cabecita y miró a todos lados—. Mamá está trabajando; debemos esperar. — Mientras hablaba, su mirada se encontró con la de Blanquita durante unos breves segundos, revelando bajo la tenue luz de la luna sus ojos, los cuales miraban sin dirección, sin un punto de enfoque y parecían observarse entre sí. Una sensación de tristeza invadió a Banquita al darse cuenta de su condición.

—¡Suuuuu! —el otro niño susurró, interrumpiendo.

—¿Qué pasa? —Blanquita preguntó.

—Habla bajo, pues los soldados pueden escuchar.

—¿Soldados? —replicó Blanquita con asombro.

—¡No, hermano! ¡No! —el niño más pequeño, atemorizado, gritó.

—¡Silencio! ¡Suuuu! —dijo el otro, tratando de cubrirle la boca—. No pasará nada… calma. —El niño acercó a su hermano a su pecho y lo abrazó, con un gesto de comprensión y ternura.

Mientras el chico se calmaba, Blanquita observó conmovida el profundo amor que se expresaban los hermanos. Sin embargo, su apreciación se vio interrumpida por unos pasos firmes que resonaron en la polvorienta calle.

—¡Por ahí vienen! ¡Escóndete! —ordenó con urgencia el hermano mayor. Su voz reflejaba pánico. El miedo se respiraba en el aire; ambos hermanos retrocedieron a la sombra del árbol, temerosos de lo que podía acontecer.

Al ver la reacción del chico, Blanquita corrió en busca de un lugar para ocultarse. Solo una montaña de desperdicio vio y decidió ahí esconderse.

Realmente, los soldados infundían temor. Un grupo de cinco inspeccionaba la zona. Sus cuerpos eran enormes como gigantes y de ello alardeaban, exponiendo orgullosamente sus músculos marcados con diferentes puntos y señales. Sus semblantes eran aterradores, tenían verrugas negras que colgaban en sus rostros y añadían un aspecto siniestro a su apariencia.

—Al entrar las provisiones, tenemos órdenes del vehículo abordar —dijo uno de ellos.

—Esos lagartos amaestrados tienen el olfato de un zorro. Hay que tener cuidado —el otro expresó.

Del palacio llegaban carretas llenas de alimentos y provisiones para el lugar. Estaban hechas de plantas gramíneas, cañas ligeras y ruedas de piedra muy resistentes. Eran tiradas por lagartos entrenados color verde azul, que ante la presencia de extraños sacaban su corbata para alertar el peligro.

Al escuchar sus palabras, una sensación de inquietud se apoderó de Blanquita y despertó su instinto de alerta. Decidió seguirlos a distancia, moviéndose con cautela para no llamar la atención. Eran crueles las actitudes de los supuestos soldados ante los pocos pobladores que en las calles se encontraban: a puntapiés de su camino los aparataban.

—Por favor, un poco de comida para mi hijo —una mujer se arrojó a los pies de Blanquita, mientras ella seguía el rastro. La mujer tenía un hundimiento en el centro de su pecho, el cual podía verse a simple vista, y la acompañaba un niño.

—Lo siento, no tengo alimentos. —Blanquita trató de apartar a la mujer para no perder de vista a los soldados, pero sus ojos se llenaron de lágrimas cuando esta se acercó y siguió suplicándole con insistencia. Con un nudo en su garganta, como de liana, solo pudo decir "Lo siento".

Mientras caminaba, podía observar y captar el sufrimiento de la población. Había sido engañada toda su vida. No podía creer que su padre, el rey, permitiera tales injusticias en su reino. Avanzando un poco más, vio que los soldados entraban en una ciudadela fortificada. Todo el fuerte de la ciudadela estaba hecho de bambú del reino, que se utilizaba en la fabricación de muebles por su tallo cilíndrico, nudoso y hueco. Un gran número de soldados rodeaba la ciudadela.

Blanquita se acercó por el lado izquierdo. Aprovechando la maleza, sin ser vista escaló, y quedó asombrada. Desde allí, divisó un ejército más numeroso que el de su padre. Sus ojos vieron almacenes repletos de frutas, vegetales y alimentos. Bebidas de savia ricas en vitaminas, todo a disposición y derroche del ejército que estaba ahí, mientras la población hambrienta sufría. *¿Cómo puede ser?* Blanquita ardía de ira en su interior.

—¡Al fin seremos reyes! No solo de esta podredumbre, ¡sino de todo! —Los pensamientos de Blanquita fueron interrumpidos por bullicio de unos soldados embriagados.

—¡Calla, y dejen de embriagarse! ¡Si no, perderán las fuerzas antes del amanecer! —Un hombre misterioso salió al patio y vociferó esas palabras para llamarles la atención. Ellos obedecieron con temor. El individuo misterioso llevaba una capucha que cubría su rostro, manteniendo oculta su identidad. Sin embargo, su atuendo dejaba al descubierto una marca de quemadura en su antebrazo.

—¡Jefe, brindemos en vísperas de la victoria! ¡Por nuestro éxito y por la muerte de Nao! —Con sus rústicas copas brindaron, lanzando sus tragos al aire.

—¡Ahhh! —una exclamación se le escapó a Blanquita al escuchar el nombre de su padre en boca de esos hombres.

—¡Silencio! —El hombre misterioso escuchó la voz de Blanquita y levantó su mano en señal de alerta—. ¿No escucharon eso?

—¡Jaja! La invasión tiene nuestro juicio nublado. Disfrutamos de la noche a plenitud y, a veces, eso incluye alguna chica —un soldado respondió, tomando sus palabras jocosamente. El hombre misterioso se marchó sin prestar atención al sonido y habiendo descifrado que la voz era de una mujer. *¿Invasión? ¡Al amanecer!* Una serie de pensamientos, ideas y medidas a tomar se agolparon como torbellino a la mente de Blanquita. No podía procesar todo a la vez, pero de una cosa tenía seguridad: su deber era actuar y advertir a su padre. Todo lo que había visto lo asociaba con su padre, pero al escuchar las palabras de los soldados, comprendió que se trataba de una conspiración, y faltaban apenas diez horas para el amanecer.

Horas más tarde...

Blanquita llegó a las habitaciones de su padre casi sin aliento. Tuvo que enfrentar varios desafíos para llegar al palacio. La vegetación densa del bosque, las raíces enredadas, las ramas bajas y las rocas constantemente le fueron de tropiezo. Hundida por la fatiga crónica, hubo un momento que su mente entró en una fase de alucinación y desorientación. El bosque era un lugar de animales salvajes y exóticos y, aunque Blanquita mantuvo distancia, le costó encontrar lugares de fácil acceso para esquivarlos, sin contar los numerosos soldados que había junto a los caminos de accesos al palacio. Sus fuerzas se desvanecieron.

—¡Padre, padre! —Blanquita exclamó sin aliento.

—¡Hijita! —su nodriza, al verla en el piso junto a la alcoba de su padre, exclamó —. ¿Dónde has estado? ¡Por todas partes te busqué! —La nodriza tomó un paño para secar el sudor que caía como río por su rostro—. Tuve que inventar miles de pretextos para cubrirte. ¿Fuiste al lugar?

—No, madrina… —con voz apagada Blanquita trataba de decir las palabras correctas, pero el agotamiento también se llevó los sonidos de sus labios.

—¡Mi hijita! ¿Qué pasa? —Asustada, su nodriza tocó su rostro con unas palmaditas para animarla.

—No hay tiempo. Por favor, necesito hablar con mi padre, madrina.

—Mi hijita, no salen palabras elocuentes de tu boca, antes necesitas hidratarte y comer algo. ¡Bertha! —Un fuerte gritó la nodriza dirigió a una sirviente que andaba por el pasillo—. Rápido, trae agua y savia con miel.

Blanquita necesitó más que unos simples minutos para recuperarse, pero sin perder más tiempo corrió ante su padre e interrumpió su sueño.

—Padre —dijo suavemente a su oído para no asustarlo.

—¡Hija! ¿Qué hora es? ¿Qué estás haciendo aquí? ¿Te ha pasado algo? —el rey, preocupado, preguntó.

—No, padre, estoy bien. —Sin tiempo para disimular, las palabras de Blanquita salieron apresuradamente—. Por favor, no te asustes —dijo con urgencia —. Solo necesito que me escuches y confíes en mí. —Dada la hora avanzada, el rey apenas prestó atención a las palabras de Blanquita. Durante su infancia, Blanquita solía tener pesadillas y en todas las ocasiones encontraba alivio y refugio en la alcoba de su padre.

—Siempre he confiado en ti. Déjame descansar, por favor —dijo su padre, bostezando.

—Padre, hay que… —Blanquita comenzó a moverse de un lado a otro, incapaz de encontrar las palabras correctas para explicar que había salido del palacio y que ahora estaban bajo asedio de los enemigos—. ¿Cómo decirlo? Hay que… —con sus manos en forma de puño pronunció rápidamente—: ¡Activarse ya!

—¿Qué dices, Blanquita? —dijo el rey—. Parece que has tenido otra pesadilla, hija. Ve a la cama. Ha sido un día emocionante... —el rey pausó sus palabras y le preguntó, pensativo—: Hablando de eso, ¿dónde estabas? No te vi durante el brindis.

—¡Sí, eso, padre! —Blanquita se emocionó, pues ya tenía el punto de enlace para introducir su conversación—. Fui a un lugar que no puedo describir. —Moviendo sus manos, Blanquita intentó recrear con sus palabras lo vivido—. Allí vi un ejército que supera al nuestro, y mañana... mejor dicho, ¡casi hoy vendrán contra nosotros! Padre, ¡desean terminar con tu vida y tomar el control del reino! Debemos despertar y alertar a la guardia, a nuestros soldados. ¡Levántate, padre! Ya vienen, ¡al amanecer! —Las últimas palabras de Blanquita fueron un grito desesperado; su mente no podía procesar más. Todo lo que había visto, cada experiencia, la habían desconcertado. En busca de una aventura y llena de ilusión, salió al exterior y solo encontró dolor. Un torbellino de sentimientos y preguntas abrumaron a su padre al escucharla.

—¿Qué estás diciendo, hija? Ahora si me has quitado el sueño con esas tonterías. ¿Enemigos? Realmente, me preocupas. —El rey se levantó, como cualquier padre que consuela a su hijo cuando tiene pesadillas, se acercó a ella y la abrazó. Blanquita solo pudo dejar sus lágrimas salir.

—Estuve en el lugar que llaman Rincón de los Repudiados. —Ya calmada en los brazos de su padre, Blanquita pudo expresarse en voz baja.

—¿Qué? —exclamó el rey, prestando atención a sus palabras ¿Cómo Blanquita conocía ese nombre y ese lugar? —. ¿Cómo has ido allí? —Sin percatarse de sus actos, el rey sacudió a Blanquita por los hombros, exigiendo respuesta.

—Sí... —Blanquita afirmó con voz apagada, sin poder contener sus lágrimas—. Toda mi vida fui engañada. —Con una profunda decepción reflejada en su rostro, hizo una pausa. Unos instantes después—: ¿Cómo puedes tratar así a tu propio pueblo?

—¡¿Qué estás diciendo?! —Ahora el rey era quien caminaba de un lado a otro por la habitación mientras Blanquita permanecía quieta. Las palabras de su hija carecían de sentido para él—. ¿Cómo has salido del palacio sin permiso, sin seguridad? Y cuida tus palabras, pues no sabes nada de ese lugar.

—Ahh, ese lugar… —replicó Blanquita irónicamente, prendiéndose el fuego de ira en su interior— ¿No sé realmente qué es? ¿Por qué esta fuera del reino? ¿Y por qué tanto engaño?

—Cierto, ha sido mi error sobreprotegerte y ocultar cosas —moviéndose por la habitación con más velocidad, el rey rebatió las palabras de Blanquita—. Es un camino largo y difícil para mí llevar el destino de todos sobre mis hombros. Conlleva gran peso, responsabilidad, y no siempre buenas consecuencias.

—¿Destino? —lo interrumpió Blanquita, indignada—. Tu pueblo sufre hambre, maltrato, opresión. Lo vi con mis ojos, ¡no me lo contaron! ¿A eso llamas "destino"?

—No sé a qué te refieres, hija, pero calmémonos… —El rey fijó, los ojos en Blanquita, con una mirada ardiente cual volcán en erupción.

Ambos necesitaban una conversación más pausada y calmada. El rey acomodó un lugar para Blanquita en su cama y se sentó su lado.

—Para que podamos entendernos, especifícame el lugar al que fuiste o, mejor dicho, que exploraste.

—Deseaba aventurarme y conocer el mundo exterior. —Blanquita, ya calmada, fundamentó sus intenciones y las experiencias vividas en el lugar.

—Hija, ese lugar no pertenece a nuestro reino. —El rey había quedado confundido e impactado por los detalles escuchados. Él no estaba al tanto de lo que ella había narrado ni de la situación que atravesaba esa población. Ya no podía ocultar los orígenes ni la existencia del lugar, por lo que decidió revelarle la verdad del Rincón de los Repudiados.

—Padre, ¿tienes dominio y autoridad en esas tierras?

—Claro, hija, como rey poseo la autoridad suprema. Sin embargo, ese lugar ha sido independiente por varias generaciones y ¿cómo explicarlo…?

—El rey no encontraba las palabras adecuadas frente a Blanquita—. Debido a la ley y sus características, simplemente les enviamos provisiones.

—¡Les envían provisiones y los abandonan! ¿Como es posible? —Los ojos de Blanquita se humedecieron—. Tienen características similares a las mías, raras… ¿Acaso por ese motivo nadie interfiere a favor de sus vidas? Padre, esa será tu debilidad.

—¡Hija! —Nao reflexionó por unos instantes—. No tengo excusas para justificar mis actos ni los de tus ancestros. Simplemente, obedecí órdenes. —El rey bajó su cabeza, avergonzado, sin tener palabras adecuadas para justificarse.

—Espera, padre, ¿provisiones dijiste? —Blanquita expresó con urgencia en su voz, recordando las palabras de los soldados—. ¡Es eso lo que escuché! ¡No podemos perder tiempo! Aprovecharán ese momento para infiltrarse.

El rey miró a su hija con una mezcla de preocupación, comprensión y orgullo. La inminencia del ataque se apoderó de ambos al comprender que faltaba poco para el amanecer, su tiempo para actuar se agotaba. El destino del reino y la seguridad de su familia pendían de un hilo. Sus pensamientos se entrelazaron en acción.

—En una hora, la carreta retorna al palacio —dijo el rey mirando a Blanquita ya no como su pequeña hija, sino como una camarada de batalla.

—¡Ah, debemos de evitar que entren! —exclamó Blanquita con emoción, intrépida.

El rey secundó con orgullo la determinación de su hija y, rápidamente, hizo sonar la alarma silenciosa del palacio, la cual se activaba en la habitación del rey y era escuchada por un guardia dispuesto para tal efecto. Este tenía ordenes de actuar con discreción al emitirse la alarma.

En cuestión de minutos, el ejército real cerró el paso a la carreta de las provisiones, antes de que entrara al palacio. El intento de captura fue en vano pues el enemigo, al ver movimiento, con astucia actuó y se dispersó. Pero encontraron evidencias que confirmaron las palabras de Blanquita.

En pocas horas, todas las medidas estaban tomadas en el palacio. El ejército y la guardia real estaban preparados para enfrentar cualquier amenaza. Con la llegada del amanecer, se divisó a lo lejos un grupo de soldados que avanzaban portando una bandera de batalla. Al mismo tiempo, el rey recibió un mensaje con dos opciones: rendición o enfrentamiento.

Los intentos de negociaciones y los tratados eran en vano, la opción de huir estaba completamente descartada; debían defender con valentía su nación, aunque eso significara arriesgar sus vidas.

Capítulo VI
Batalla

l amanecer, ambos ejércitos habían determinado proceder. En el palacio todo estaba listo: incluso las princesas estaban preparadas. Algunas a regañadientes obedecieron, ya que todo había acontecido después de las bodas y se sentían agotadas.

—¡Vaya luna de miel que tendremos! —Esmeralda dijo a su hermana con gran tristeza y desilusión.

—Capaz que nos quedemos sin esposos... —secundó Naomi, preocupada, mientras miraba por la ventana de la habitación.

—¡Ja! Por lo menos serán dos, para acompañarse —Lea expresó con sarcasmo, lo que provocó una discusión entre las princesas.

Las princesas fueron distribuidas en diferentes habitaciones secretas de la familia real, siguiendo las órdenes del rey. Algunas reaccionaron con llantos, lamentos, temor, escándalos; en el caso de Fildina, con desmayos. Sin embargo, ese momento era crucial para la familia, debían permanecer fuertes y unidas y así honrar el legado de su padre. El enemigo quiso entrar a escondidas. Tenía como estrategia la sorpresa, pero a sus oídos llegó la intrusión de la princesa y, cuidadosamente, ejecutó otro plan. Comenzaron a atacar a los soldados más alejados de la ciudad, y así causaron bajas.

De pronto, como avalancha, aparecieron a la vista de todo el pueblo y así comenzaron a pelear, decididos a salir victoriosos.

—Blanquita, hija, no se discute. ¡No irás! Nunca te he expuesto al pueblo, ¿cómo crees que lo haré en estas circunstancias? —La voz del rey se escuchó en una de las salas del palacio, mientras él daba a algunos súbditos los últimos detalles, antes de unirse a las filas.

—Padre, sé que soy buena en esto. Por favor, déjame ir. —Blanquita caminaba alrededor de su padre, insistiendo, pues deseaba estar en el campo de batalla.

—¡Por favor, no más digo yo! Entregar en manos del enemigo a mi hija… ¡Ni lo sueñes! — dijo, enojado—. No eres más que una jovencita inexperta. ¡Basta! Crees que por observar eres una guerrera. ¡Muchachita! —El rey colocó su dedo el centro de la frente de Blanquita—. Para colmo, eres mujer; es que ni mujer, apenas una chiquilla. No se discute, vaya junto a sus hermanas.

Sin más opción, Blanquita obedeció a su padre y, refunfuñando, salió de la presencia del rey. No era el momento para un debate.

—Fuego, él no sabe lo que vi. ¡Perderemos! Son demasiados, tienen a mis hermanos como esclavos. Ellos solo son como yo —Blanquita conversaba con Fuego. Afectada por tanta maldad vista en el Rincón de los Repudiados, sentía que debía de tomar una decisión, y obedecer a su padre no era una opción.

—¡No puedo contener lo que hay en mí, amigo! —continúo diciendo a Fuego, su compañero animal, quien giraba su cabeza de un lado a otro, entendiendo—. Sé que me comprendes. ¡Mua! —Emocionada, le dio un beso—. Tengo que tomar una decisión.

Ante la desesperación de Blanquita, Fuego caminó al riachuelo y comenzó a dar vueltas junto a la orilla.

—No, amigo. Él no está... —la voz y el rostro de Blanquita se ensombrecieron por un momento—. Creo que lo he perdido —dijo, refiriéndose a la joven voz—. Nos toca a nosotros enfrentar esta situación, solo tú y yo —murmuró nuevamente con tristeza, observando el reflejo del agua—. ¡Iremos, sí! —Blanquita decidió que los pensamientos tristes no debían dominar su mente, ya que ese momento era crucial para su familia. Debía concentrarse en trazar un plan y ejecutar una estrategia para ayudar a su padre. Dándose ánimo, llenó su corazón de determinación y decidió seguir los impulsos de su corazón.

Blanquita ciñó su armadura hecha por sus propias manos, diseñada conforme a sus entrenamientos. Se colocó una coraza que protegía su espalda y su pecho, confeccionada con piel de erizo por sus llamativos pinchos para impresionar al enemigo. De piel de salamandra había hecho su ropa interior y su falda. Por último, un cinturón de liana trenzada en el que depositó sus armas: bombitas de mofetas, estrellas de hueso, dos pequeñas lanzas de aguijón de avispa (incluido su veneno), huevos de savia, lanzadoras de piedras, su espada y su elemento sorpresa: Fuego, su fiel compañero.

—Sí, amigo, no iría a una batalla sin ti. —Tiernamente, Blanquita acarició a Fuego para darle ánimo—. ¡Listos para partir! —gritó, emocionada.

—¡Grummm! —Fuego, interrumpiéndole, la empujó al riachuelo.

—¿Qué pasa, amigo? No pienso que tengas miedo —Blanquita dijo, dándole algunas palmaditas para infundirle aliento. Sin embargo, al observar su reflejo en el agua, expresó—: ¡Ah, entiendo! Es mi pelo. —Rápidamente, pensó en una alternativa para ocultar su mancha. Buscó moras y vertió su extracto por todo su cabello, pero tal experimento no funcionó, pues su mancha de color violeta se tornó. Ante tal desastre y para solucionarlo, tomó algunas flores y las distribuyó desde su frente hasta la parte baja de sus oídos.

En el campo de batalla...

Habían pasado unas horas y la batalla arreciaba. Nunca se había visto tanta ira en el enemigo, y Nao desconocía los motivos. Los rumores de batalla eran frecuentes, pero tenerlos en sus puertas fue imprevisto. La mente del rey buscaba respuestas para trazar una estrategia: ¿Cómo eran tantos y por dónde habían entrado? —se decía—. Una única abertura existía en el árbol desde el exterior, y siempre estaba custodiada —se respondía. Su mente era torturada por diversos pensamientos, entre ellos, las palabras Blanquita: "Será tu debilidad". El enemigo aparecía de la nada, escoltado por enjambres de abejas domesticadas. Los soldados del reino contraatacaban lanzando piedras y huevos putrefactos con catapultas hechas de madera, pero como avalancha los sobrepasaban. Sorpresa fue que a retaguardia y a los costados los soldados avanzaban, sin respetar las reglas y los acuerdos del terreno trazados por los ancestros. Por todas partes aparecían y grandes atrocidades cometían: secuestraban a doncellas y niños, golpeaban a los ancianos.

No era así el enemigo, no el que antes se había visto.

La batalla estaba perdida, nada a favor, todo en contra de Nao. Las medidas con los grupos débiles (los ancianos, las mujeres y los niños) fueron tomadas, tratando de llevarlos a lugares seguros, pero en vano fue. El rey sentía gran frustración.

El ejército enemigo estaba concentrado a las puertas de la ciudadela que protegía al castillo, se pavoneaba de su pronta entrada al palacio. La familia real se resguardaba con los sirvientes, mientras el rey y sus yernos luchaban mano a mano junto a los soldados, dispuestos a entregar su vida y dejar lo más amado.

—¡Aggghhh… aggghhhh! —un sonido estremecedor envolvió al enemigo y perforó con fuerza sus oídos, debilitando sus cuerpos. Una, dos, tres bombas explotaron, nublando la vista de muchos. En el cielo, una figura, algo nunca antes visto, apareció.

—¡Un dragón! —Se escucharon gritos de temor y espanto, los enemigos retrocedieron unos pasos, asustados.

—¡Permaneced! —En medio del caos, se escuchó una fuerte voz que los animó. El príncipe, el primogénito del linaje del enemigo, alentaba a sus tropas—. ¡Recordad las ofensas, los oprobios que hemos recibido! ¡Resistid! ¡Hasta aquí nos ha traído el destino!

Ante sus palabras, el enemigo tomó nuevamente sus armas y se intensificó la batalla.

—¡Aagghh! ¡Aagghh!

Nuevamente se escuchó el estremecedor sonido, ahora entre la ciudadela y el enemigo. Su figura emergió en el cielo de forma imponente mientras batía sus alas con fuerza, creando un torbellino de viento. Ambos ejércitos tuvieron que resistir el fuerte efecto del viento. De boca en boca, comenzaron a llamarlo el dragoncillo. En medio del torbellino, una figura descendió majestuosamente de su lomo, levantando una nube de polvo cada vez que pisaba el suelo. Un general enemigo levantó su mano en espera para contraatacar, pero en silencio quedaron, fascinados por ella...

—¡Una mujer! —expresaron, atontados, observándola con admiración. Ahora, quien alzaba las manos con puños cerrados era una chica. Con la mano en alto, hizo la señal que significaba "Avanzad" dirigida al ejército de Nao.

—¿Quién es, majestad? ¡Viene a salvarnos! —dijo con emoción un soldado al ver la señal de sus manos—. ¿Le obedecemos?

Por unos minutos, el rey observó en silencio. Cómo no conocer esa figura que se asemejaba a la de su amada esposa.

—¡Seguidle, es mi hija! —gritó el rey con voz estremecedora, lleno de esperanza.

—¡Ahhhhhh! —Todos, unánimes, levantaron sus armas y con vigor gritaron—: ¡A la batalla! Por varias horas, ambos ejércitos lucharon hasta su último aliento. Espada contra espada, arcos, flechas y la figura de la dama, cual león feroz, sobresaliendo en la batalla.

—Príncipe, la chica se acerca como una pantera brutal, va derribando a cada hombre que entra en su paso.

—Me haré cargo, es solo una presuntuosa princesa —dijo el príncipe al soldado con ironía, reflexionando en las palabras y en los actos del rey Nao. Puesta su mira en ella, el príncipe se adelantó con la intención de vencerla. Si la tuviese como rehén, Nao quedaría a nuestros pies, pensó el príncipe mientras avanzaba.

Llegó el momento en que ambos, a una prudente distancia, se miraron fijo y con gran furia se lanzaron uno contra el otro. Blanquita, con su arte y su flexibilidad, lo esquivó. Cual animal salvaje, su cuerpo evadía cada avanzada. Su combate era el centro de la batalla. Cual espectáculo de circo todos disfrutaban. Un traspié, y la dama cayó.

—¡Ohhh! —Con asombro, todos exclamaron.

El joven presumió su habilidad con una sonrisa de satisfacción. No se trataba de una simple lucha. Dentro de la joven ardía la energía acumulada durante años de entrenamiento. Era su momento de brillar; por ello, el príncipe enfrentaba un verdadero reto. Blanquita respondió con gran ímpetu. El destino de su familia ahora estaba en sus manos. Con tal motivación, se levantó dando un giro.

—¡Jah! —todos gritaron.

Los soldados sonrieron, incluso los del enemigo. Con el ceño fruncido, el príncipe los regañó. El enfrentamiento se volvió gracioso: a veces, sus cuerpos parecían danzar cual cortejo; en otros momentos, el sonido de las espadas con furia resonaba. Blanquita aprovechaba cada momento de distracción. Dos volteretas y una patada mortal. El joven con astucia bloqueaba, un giro y, ambos sumergidos en su momento de gloria, al unísono gritaron:

—¡Ahhh!

—¡Ahhh!

Los cuchillos quedaron inmóviles en sus gargantas. Ejercían presión, pero sin movimiento alguno.

—…

—…

Al escuchar sus voces, sus rostros palidecieron. Ambos quedaron paralizados. Sus miradas se cruzaron fijamente, entrando en un profundo contacto. Sus pupilas traspasaron el tiempo y el espacio. Una tormenta de recuerdos, sentimientos de nostalgia y emociones contenidas estalló. Era como si el destino del Creador los hubiese reunido en ese momento para confrontar sus más profundos sentimientos.

—Tú…

—Tú…

Sus voces se oyeron tenues y temblorosas en un dulce murmullo. Su mundo, el conflicto existente, se hizo pedazos ante la verdad revelada.

Era él, la joven voz que desnudaba su alma, a quien había confiado sus lágrimas. Era ella, su amada, a quien su corazón había entregado día tras día, escuchando sus dulces palabras.

Ambos ejércitos observaban a los jóvenes a la espera de los resultados, pues la batalla se había concentrado en ellos. Sin embargo, la fuerza había abandonado sus cuerpos, no había reacción alguna entre ellos. Él, con dulzura, ante la mirada de todos tomó la iniciativa y parpadeó; ella asintió, a la vez que un torrente de escalofríos recorrió su cuerpo como en su primer encuentro. Ambos dejaron caer sus armas.

—¡Retirada! —el príncipe levantó su voz, volteó su espalda y, sin explicación ni argumento, ordenó a sus soldados que bajaran sus armas.

—¡Hija! —Nao avanzó hasta Blanquita y la abrazó—. Temí por tu vida. Eres desobediente cual animal salvaje, muchachita —acariciando su cabeza, dijo orgulloso—: Te amo.

El momento de gloria había llegado para Blanquita. Todos a su alrededor expresaban su agradecimiento y la aceptaban con alabanzas en medio del polvoriento campo de batalla, pero ella no lo disfrutaba. En su mente, un carrusel de pensamientos giraba sin cesar, innumerables preguntas reaparecían una y otra vez.

—¡Aggrgmm!—. Fuego se acercó, emitiendo su típico sonido estremecedor con el propósito de defenderla. Los soldados, asustados, se apartaron. Nunca habían visto a un animal tan raro y mestizo.

Sus orejas alargadas como las de un ratón, con elegancia se alzaban captando cada sonido alrededor. Su cola larga y esbelta, llena de gracia y armonía, revoloteaba con flexibilidad. Su cuerpo era una combinación de textura y contraste, su pelaje suave y velludo trasmitía una sensación de blandura y calidez. Pero lo que realmente cautivaba era su boca esculpida con precisión y delicadeza como un pico de halcón. Sus alas, como apéndices majestuosos, se desplegaban de sus costados, con plumas deslumbrantes que acariciaban el viento en cada vuelo, como las águilas en las montañas con esplendor. Un ser único que desafiaba el razonamiento de todos por su genética mezclada y confusa.

—Quieto, amigo —Blanquita dijo a Fuego para que se controlara y les ordenó a los soldados que bajaran sus armas. Pasando su mano por el costado del animal, lo calmó. —Tranquilo... Ese es mi padre, de quien te hablé —le dijo Blanquita, señalando al rey, y de la misma forma señaló a los soldados—. Y este mi pueblo.

Todos aplaudieron con emoción las palabras de Blanquita. La princesa y Fuego recibieron su reconocimiento como héroes, su momento de gloria y esplendor. Ya dentro del palacio, descansados y calmados, el rey entabló conversación con Blanquita.

—Hija, ¿qué pasó en la batalla? ¿Habéis hecho algún trato con el príncipe?

—¡¿El príncipe?! —Blanquita exclamó con asombro.

—¡Ahhh! Lo olvidaba, hija, perdón. Cierto que no conoces de estos asuntos. No te preocupes, después hablamos del tema. Ahora solo puedo mirarte y sentirme orgulloso. —El rey sacudió con cariño la parte delantera de su cabeza, como de costumbre—. Mi hija, toda una guerrera. ¡Qué gozo siento! Hoy, todos te aceptaron y buenas dichas te desearon. ¡Ahhh! Hasta tu nombre gritaron. Siento que es uno de mis mejores días. Si te hubiese visto tu madre... —dijo con un suspiro.

—Padre, no te ilusiones, hoy llevo todo un atuendo y soy la heroína del día —Blanquita respondió, mostrando descontento.

—¿Acaso no era eso lo que querías? —replicó su padre.

La mente de Blanquita estaba muy confundida. ¿No era lo que ella quería, ser aceptada, ser una heroína? Pero en ese momento, no le era motivo de alegría. Solo mostraba en su rostro apatía.

—¡Jajaja! ¿Quién te entiende, hija mía? —dijo el rey al verla ajena y distraída—. Pero, aun así, después de tan largo día, solo tú me has sacado una sonrisa. ¡Que ingenio! —Su padre la levantó en sus brazos. No podía disimular la felicidad que sentía—. Acercarte en la batalla para establecer un trato con el enemigo... ¡Excelente! —expresó, pavoneándose de la hazaña de su hija—. Y bien... ¿de qué hablaron? ¿Cuál fue el acuerdo para que el príncipe retirara las tropas?

—Ahmm… —Blanquita no podía expresar palabras fluidas—. Más tarde conversamos de eso, padre. Estoy muy agotada. Solo quiero descansar, y necesito alimentar a Fuego. —Sin dejarlo hablar, se acercó a él, le dio un beso y se marchó montando sobre Fuego.

¿Cómo decir que nada había sido planeado? ¿Cómo decir que conocía al príncipe? ¿Cómo decir que lo amaba? ¿Entendería su padre lo que sucedía, si ella misma no lo entendía?

A unos diez metros al oeste del árbol, había un espeso bosque. Allí, oculta, una colmena que ahora era el hogar del enemigo.

—¡Esta era nuestra única oportunidad de tomar lo que por ley siempre nos ha pertenecido! Vengar la afrenta de tres milenios —Las palabras del rey retumbaban en el lugar—. ¡Deshonra has traído! Nuestro informante aliado declaró que este era el mejor momento, y tú… mi hijo, a quien di el honor, ¡desertaste! ¿Por qué nuez lo hiciste? —El rey, con una actitud frenética, golpeó su trono, enfurecido—. Y, además, arrastraste contigo a mi ejército. ¡Mi momento! ¡Era mi momento! —dijo a los gritos, con el rostro enrojecido e impotente.

—Lo sé, padre… No soy digno de usted —con la mirada hacia el piso, expresó cabizbajo el príncipe.

—¿Solo eso vas a decir? ¿Esas son tus palabras ante este desastre? —Al ver su desinterés en la conversación, el rey se enfureció aún más—. ¡Salid delante de mí! —dijo con voz fuerte e indicó a unos soldados que lo sacaran de su presencia.

¿Cómo explicar lo sucedido? Amiga, voz del caudaloso río que cual mágica hada en soledad escuchaba. Persona de un lugar remoto que en sus

sueños estaba. Deseó viajar, traspasar el cielo para conocerla y, ahora, estaba ahí, junto a él... *¿Qué pasaba?* Pasión, latidos rápidos cual trote de conejos presurosos su corazón experimentó. Cada recuerdo de su cuerpo y sus movimientos cobraban vida en su mente; imágenes vívidas y palpables. El espíritu de ella lo envolvía, en su mente resplandecía. Le era imposible razonar, pensar en las consecuencias, en las responsabilidades. *¿Cómo darle a su padre una juiciosa explicación, si él no tenía una?*

Desde el primer milenio, el enemigo habitaba a las afueras del árbol. No tenían un hogar fijo para vivir. El rencor se mantuvo entre sus generaciones por ser mestizos y rechazados por el linaje bionuez. Probaron construir sus casas en hormigueros, por sus cámaras y galerías subterráneas para protegerse de depredadores, pero cuando la lluvia se hacía fuerte y violenta, perdían todo por las inundaciones. Su población fue creciendo en cada saqueo, pues romance y aventura surgían entre hombres y mujeres, y procrearon una generación de mestizos. Al no vivir en un lugar protegido como el antiguo árbol de sus antepasados, muchos de ellos morían en las travesías. Difícil era su vida. Cual gitanos por la tierra erraban. Su mejor hogar eran las colmenas ya abandonadas, de las que sacaban provecho domesticando a las abejas y obteniendo refugio y alimentos.

Hubo días de quietud entre los enemigos, como la calma después de una tormenta. El reino de Nao estaba ocupado en la restauración de los daños sufridos. A las afueras del árbol, el enemigo era consumido por el odio y el rencor, solo se concentraba en reforzar sus tropas, con ideas de un nuevo ataque ejecutar. Sangre y venganza eran sus demandas.

El príncipe fue suspendido de sus funciones, pues su padre era víctima de constantes manipulaciones. Con miles de pensamientos el príncipe batallaba. Allí, junto al río, se refugiaba. Cual espíritu el rostro de la princesa le torturaba: era tan bella, su piel tan blanca. Por años le habían enseñado a odiar al pueblo de Nao, y ahora él a su hija amaba. No podía imaginar que ella fuera partícipe de tan grandes infamias cometidas contra su pueblo; la más reciente ejecutada contra inocentes niños, pero ahí estaba ella, frente a su ejército.

¿Cómo era posible? Aún se preguntaba *qué pasaba*. Blanquita, como si la fastidiara un insecto, sentía comezón. También ella tenía miles de inquietudes y preguntas en su interior.

Así transcurrieron días, semanas, un mes. Continuamente, Blanquita iba al riachuelo a mirar, a palpar sus frías aguas, esa sensación era de alivio para su alma. Los recuerdos de sus primeros encuentros con la joven voz allí florecían sin explicación alguna, junto a la orilla, le percibía. Agradable le era meditar en su figura: pelo color oro, resplandeciente; su piel como madera, sus ojos negros cual semillas de sandía, tan intrépido, pero cual viento arrasador eran movidas esas imágenes de su mente cuando recordaba la violencia que en sus tropas vio. Por eso, en el interior de Blanquita había mucha confusión; una disputa entre su mente, basada en los hechos, y los sentimientos de su corazón.

—¿Me escuchas? —dijo el joven príncipe, mirando fijamente a las aguas—. Sé que estás ahí, puedo sentirte. Blanquita, en silencio, escuchó su voz. Había esperado ese momento con muchas ansias.

—Tengo un montón de preguntas en mi mente y creo que nadie mejor que tú, princesa, puede argumentar una razón —con ironía el príncipe expresó, a la que Blanquita de igual manera respondió:

—Sí, príncipe, diga usted. Pero ¿cómo llamarte? ¿Enemigo, saqueador?

—¡Ahhh! Comenzaremos bien y directo —con cierta sonrisa pícara, al igual que su tono de voz, el príncipe replicó.

Cual guerreros sin armas, comenzaron con sus palabras a reñir. Las lanzaban como si fueran elementos de una lucha armada, palabras que no eran propias, sino de milenios llenos de contención.

—Tu padre nos despreció tan solo por nuestro color.

—Incierto. Desde niña he escuchado de tus saqueos y asaltos; con mis propios ojos en una ocasión los vi —dijo enojada Blanquita, defendiendo cual soldado su posición—. Por eso decidí entrenarme: para tales males impedir… de ti. —Terminada su frase, sus sentimientos la confrontaron y sus palabras se apagaron.

—¿De mí? ¡Ah! Nuestro único pecado fue ser diferentes.

Blanquita enmudeció. Aunque era su enemigo, de quien por años malas anécdotas le habían relatado, ante la palabra "diferentes" se sintió identificada, pues siempre había sido causa de distanciamiento entre el reino y sus hermanas.

—Fuimos desterrados, ¡y ahora solo deseamos tomar nuestro lugar! —El príncipe contuvo sus palabras unos segundos, recordando la masacre realizada a su pueblo—. No puedo creer que tú hayas estado de acuerdo. —Blanquita, al escucharlo, incógnita en su rostro reflejó—. Solo eran niños inocentes, ¡ajenos a nuestras disputas familiares! Y allí vi sus cuerpos...

¡Tú y tu ejército! ¿Cómo esperas que reaccionemos? —Un suspiro de dolor y de lamento se le escapó.

—No tengo conocimiento de esas cosas horrendas que dices —Por fin, Blanquita dijo unas palabras al escuchar su expresión de lamento—. Pero ¡tú, que me conoces! ¿Piensas que intencionalmente yo causaría dolor a alguien? —Sus palabras penetraron como puñal al corazón del príncipe.

—Precisamente por eso, porque te conozco, ya no sé qué pensar. ¿Esa era la aventura a la que ibas, a la guerra?

—¿Qué dices? ¡Me ofendes! —Blanquita quedó confusa ante sus insinuaciones.

—¿Te ofendo? No es que aquí estamos para eso, para humillarnos, contender y pelear hasta la muerte. Las palabras del príncipe denotaban desesperación y locura, pero lo que decía era cierto y de gran verdad: si el término que entre ellos se establecería era de enemigos, no podrían amarse. Blanquita quedó en silencio.

—Lo siento —dijo él, calmado, después de unos minutos de reflexión. El cielo es mi testigo que deseo con todo mi ser creer en ti... Tener ante mí a la chica que a través de las aguas conocí, y no a...

—¡Silencio! —Blanquita le interrumpió—. No digas más. Ambos debemos esclarecer nuestras mentes. ¿Mañana podremos vernos? —dijo, no queriendo despedirse de quien su alma amaba por las raíces de amarguras que sus familias arrastraban, pues en eso siempre fue virtuosa al tratar con Amanda, su hermana.

—¿Nos veremos? —Sus palabras confundieron al príncipe. Su cuerpo tembló imaginar el momento. Afirmó con su cabeza y en voz baja respaldó su idea. El plan trazado por ambos consistía en que Blanquita volaría con Fuego por encima del árbol, traspasando los límites de su reino, y el príncipe esperaría justo detrás de la arboleda. Su señal de encuentro sería un tulipán negro.

Mientras, en el palacio de Nao...

Nao, el rey, al recordar el relato de su hija decidió intervenir con su guardia personal en el Rincón de los Repudiados, un acontecimiento inusual imprevisto que se ocultó incluso al Senado. El rey, vestido con ropas comunes, entró acompañado por dos guardias. Era cierto lo que Blanquita había descrito: el hambre, las ruinas, los niños desnutridos. Al ver algunas figuras, sus rostros mostraron asombro, pero ante otras, dolor. Se veía personas descalzas, sus pies ensangrentados, sus vestimentas habían sido gastadas por el paso del tiempo. Con gran indignación, el rey dejó a un lado su camuflaje y mandó a los guardias a inspeccionar todo el lugar y, sin misericordia, a los causantes de todo arrestar. Descubrieron que en la ciudadela había una apertura que daba precisamente a la corteza del árbol. Estaba en el lugar llamado "Refugio", que llevaba al exterior. Así el rey descubrió cuál era la entrada del enemigo y por qué aparecía desprevenidamente.

El rey y sus hombres derribaron todo a su paso. Arrestaron a los soldados que allí se encontraban, aunque unos pocos de sus líderes escaparon, resistiéndose y distrayendo a los soldados. Las provisiones retenidas en almacenes para beneficio del ejército se dosificaron entre la población. Algunos fueron llevados a diferentes yerbateros del reino para su atención por diferentes enfermedades. Fue gratificante para el rey ver a esa población feliz. La gratitud se expresaba en sus rostros. Algunos, con desesperación, sus bocas de alimentos llenaban, lo cual regocijo causaba.

—¡Oh, hija! Hace tiempo que no me sentía tan realizado. —El rey, entrando al palacio, saludó a Blanquita con tales palabras y mostró una extensa sonrisa.

—Sí, jijiiji. —Blanquita con él sonrío—. No recuerdo haber visto sus dientes en su totalidad, majestad.

—Jaja... Hija mía... Me siento satisfecho, gracias a ti —mirándola con cariño y nostalgia, dijo—. Gracias por ser... tú.

—¿Qué dices, padre? —el rostro de Blanquita se sonrojó y se apenó.

—Es gracias a ti.

—¿Sí? ¿Qué... qué pasó? —Blanquita preguntó, adelantándose como siempre a sus palabras.

—El Rincón de los Repudiados fue exterminado —anunció el rey apresuradamente.

—¿Qué? ¿Cuándo? ¿Cómo? ¿Les pasó algo? —dijo, sobresaltada, pensando que algún mal al pueblo le había acontecido.

—¡Tranquila, hija! Tu padre es un hombre de bien. ¡Eliminamos a los enemigos! —Al oír las palabras de su padre, Blanquita respiró con alivio, pensando en la población—. Los muy pillos una abertura en la corteza del árbol habían formado, pero ya todo está resuelto.

—¡Qué bien! ¡Siento gran alegría! —Blanquita, emocionada, abrazó a su padre—. ¿Me podrías dedicar un poco de tu tiempo, padre?

—A ti, mi heroína, cien horas de mi tiempo... —su padre le reafirmó jocosamente, dándole un beso.

Sentados en el traspatio, junto a fuentes de coco que rodeaban el lugar, padre e hija entablaron conversación. Era el mejor momento, dado lo sucedido, para que Blanquita aclarara sus dudas y disipara su confusión.

—Padre, en mi mente hay muchas preguntas. Me siento perdida en nuestra historia y en la de nuestros ancestros. Necesito entender, pues me causa un gran peso.

—Lo sé, hija. Y yo también tengo peso, pero estoy aquí para ello.

Blanquita planteó sabiamente las preguntas para no errar ni andar con dilataciones.

—La primera pregunta es: ¿Quiénes son nuestros enemigos?

—Uhmmm… gruummm... —El rey titubeó ante la pregunta de Blanquita. Le era incómodo relatar el pasado de sus ancestros, pues carecían de justicia—. Bueno, hija, solo he mencionado esa historia en pocos momentos de mi vida. He preferido que mis hijas se instruyesen por los manuscritos por lo fuerte que es para mí llevar ese peso, y más desde tu nacimiento. Pero antes quiero que sepas que cada batalla que he librado solo ha sido para mantener el legado de nuestra familia, y proteger al reino y a sus habitantes. Solo he llevado batallas en base a la paz y la armonía, no por litigios del pasado.

Y así el rey comenzó a narrar la historia que les precedía.

En el primer milenio, el bisabuelo del rey Rolando esperaba el quinto alumbramiento de su esposa con gran regocijo; en ello había puesto la esperanza de su legado pues, por la posición lunar, se anunciaba que la reina daría a luz un varón y el bisabuelo solo tenía cuatro hijas. Como se predijo, la reina dio a luz dos niños varones, no uno sino dos. Eran gemelos idénticos, pero se diferenciaban por el color de su piel: uno de ellos nació negro como la noche. El bisabuelo no comprendía lo sucedido, se sentía ofendido por el color de uno de sus gemelos, y buscó respuesta en los yerbateros. Ellos le dijeron que todo había sucedido por un fallo genético, pero en el reino crecieron rumores de que la reina había sido infiel. El bisabuelo llegó al punto que no soportaba ver al pequeño, mucho menos, depositar en sus manos el reino, pues era el primogénito del nacimiento entre los dos gemelos. Entonces, lo desterró desde bien pequeño, dejándolo en la selva, a merced de las fieras.

—¡Oh! —A Blanquita se le escapó una exclamación—. ¡Qué cruel nuestro ancestro! ¿Y el príncipe, murió?

—No. Su nodriza a escondidas lo protegió. Se adentró en la selva y salvó la vida que un padre menospreció. El príncipe fue criado con odio y rencor, ya que la nodriza nunca pudo perdonar al rey ni a su débil madre, y le exigía venganza. El niño visitaba el reino de su padre, pero oculto tras la fachada y la vida de un ladrón. Al hacerse hombre, mostró su rostro, se dio a conocer y desafió a su padre. Desde entonces, cometía saqueos y asaltos, y los que con el rey no tenían contentamiento eran reclutados por él. Así, formó a las afueras una ciudadela, que con el tiempo fue una colonia, y se proclamó rey soberano de ellos y heredero al trono. Desde entonces, año tras año, su derecho venía a reclamar. Tristemente, su legado de odio fue traspasado a sus generaciones. Los llamamos mestizos por su piel diferente, mezclada por el trascurrir de los años.

Blanquita quedó conmovida e identificada con la historia.

—Qué triste, padre... Ahora comprendo su dolor —sumergida en sus pensamientos, dijo refiriéndose a la joven voz.

—¿El dolor de quién, hija?

—Del enemigo. —Su semblante mostró, junto a sus palabras aflicción.

—Sí, hija, es triste e injusta la historia que nos precede. Pero, por favor, Blanquita, el tiempo ha pasado y ellos nunca mostraron arrepentimiento y, como te dije, luchamos por nuestro pueblo, nuestra familia, para defendernos. Por eso, no podemos mostrar compasión por una historia del pasado. Ellos no han deseado acuerdos ni tratados de paz, solo tienen el odio y la ambición obsesiva del reino.

—Lo sé, padre. Me enorgullezco de ti por desear la paz. Además —Inesperadamente, Blanquita abrazó fuerte a su padre—, me aceptaste, aunque era diferente como ellos. No me expulsaste por mi malformación genética, como hicieron nuestros ancestros. —Blanquita hizo una pausa en sus palabras— Padre, has demostrado tener el corazón más puro y noble de todos ellos. —Ante tales palabras, ambos se abrazaron y experimentaron uno de los momentos más íntimos y sinceros entre un padre y una hija.

—Otro asunto, padre —Blanquita continuó indagando para llegar a una verdad absoluta.

—Di, hija.

—¿Has ordenado un ataque directo al enemigo relacionado con niños?

—¿Cómo crees, hija? ¿No ves que son ellos los que han venido, y en el reino se han introducido? Solo nos dieron la opción de defendernos.

—Sí, solo una tonta pregunta. Jijiji... —Blanquita dijo, disimulando, y como de costumbre, le dio un beso y se marchó, dejándolo con sus palabras.

Después de la conversación, la mente de Blanquita daba vueltas. Era tan absurda la batalla que ambos ejércitos libraban, tantos hombres heridos y muertos por el rencor de un ancestro; solo por diferencias físicas. No queriendo eso para las futuras generaciones, pensaba *¿cómo dar un final feliz a esas disputas irracionales?*

Pasados dos días...

El momento tan esperado finalmente había llegado, y todo transcurrió según lo planeado. Desde su posición en el aire, Blanquita tenía una vista perfecta y distante de él. Allí estaba, apuesto, elegante y buen mozo, como lo recordaba. Montando con gracia sobre Fuego, se acercó. La búsqueda de un sitio adecuado para aterrizar formó un breve remolino de polvo alrededor.

El príncipe, con una mezcla de expectación y asombro, elevó sus ojos para encontrarla mientras la nube de polvo se disipaba. El blanco impecable de su pelo contrastaba vivamente con el entorno, creando un resplandor. Él se sintió encantado por su radiante belleza en ese instante fugaz.

—¡Guao! —dijo observándola, deslumbrado.

Ambos desnudaron sus almas con solo mirarse; en ese momento, sus nombres no importaban, tampoco sus reinos. Ahí estaban, suspendidos en el tiempo. Después de unos minutos, el príncipe se acercó a Blanquita y, tocando un mechón de su pelo, dijo:

—Eres...

—Sí, diferente —Blanquita lo interrumpió con palabras dulces.

—Sí, y hermosa —cautivado, respondió.

—Ya puedo comprender a tu pueblo, y a ti... —dijo Blanquita con dulzura, después de unos minutos parada frente a él—. Mi padre me ha contado la crueldad de nuestro ancestro.

—¿Nuestro ancestro? —Al escuchar tales palabras, el príncipe se mostró ansioso—. ¿Por qué el término "nuestro"? —dijo, intrigado.

—Nuestro es la palabra correcta porque compartimos linaje. Un hijo aceptado y otro rechazado; de uno procedes tú, y del otro, yo. ¡Su actitud no tiene perdón! —Blanquita levantó su voz y exclamó, como un abogado ante la injusticia—. ¡Nuestra generación, nuestros niños, jóvenes y ancianos no deben llevar el sello de la enemistad y la muerte por el error cometido por un hombre! —El príncipe quedó desconcertado y se limitó a escuchar mientras caminaban.

—Además, ¡la masacre de esos niños inocentes que antes mencionaste no fue ejecutada por mi padre ni su ejército! —refutó, enérgica—. Mis deducciones dicen que entre ambos hay un tercero. —Su voz se apagó, meditando.

—¿Cómo dices? —dijo el príncipe, mostrando gran interés en la conversación.

Con meticulosa precisión, Blanquita narró punto por punto las vivencias que había experimentado en el Rincón de los Repudiados. Nada quedó en el olvido, cada detalle surgió de sus labios sin la menor omisión. Su conversación fluía en perfecta armonía: mientras el príncipe escuchaba entrelazaba algunos hechos, todo encajaba perfectamente.

Como conclusión, decidieron enfrentar a sus padres y desenmascarar al tercero.

—Mi nacimiento desafió nuestras costumbres y puso a mi padre en aprietos —dijo Blanquita con voz apagada después de tanto hablar—. Mi padre nunca ha estado de acuerdo con eso de las diferencias, y mucho menos yo, que he sufrido por ello. Por eso, tengo la certeza de que mi padre aceptará la paz entre nuestros pueblos.

—Ya entiendo: tu padre ha caído en tus redes como yo, ¡ja! —el príncipe declaró con un juego de palabras su admiración y su amor por Blanquita, tratando de sacar una sonrisa de sus labios al ver su cabeza cabizbaja ante el recuerdo. En aceptación, ella sonrió—. El duro de roer será mi padre —dijo el príncipe, tomando las riendas de la conversación—, pues constantemente escucha la voz de su informante, quien se aprovecha y hace crecer su odio en medio de esta enemistad.

—¿Un informante? —preguntó Blanquita.

—Sí, solo se presenta ante mi padre y, hasta ahora, toda la información que ha traído de tu reino ha sido precisa, por lo que su confianza ha ganado.

—¡Debe ser él! —dijo Blanquita, enérgicamente—. El que vi con voz de mando en la ciudadela dentro de mi reino. Creo que él es el tercero, el que ha manipulado a nuestros reinos. ¡No puede quedar impune!

—Si es así, mi padre se enojará mucho al saber que ha sido manipulado; lo detesta.

Unidos decidieron ir y mostrar la verdad a sus padres. Una estrategia ese día entre ellos crearon para atrapar al tercero, como lo nombraron. Tomados de las manos y ofreciendo sus corazones, entregados cual batalla a conquistar, dijeron: "En soledad a pocos podemos alcanzar; en armonía, mucho lograr". Y con esa frase sellaron un pacto.

Para Blanquita, persuadir a su padre era pan comido: tenía todos los hechos y argumentos a su favor. El arrepentimiento del enemigo ante la retirada del príncipe durante la batalla y el supuesto trato que en esa ocasión su padre imaginó serían la carnada.

No fue así para el príncipe, pues al llegar a la colmena, gran movimiento había en la población y en el ejército.

—¿Qué sucede? —preguntó el príncipe a un guardia amigo.

—Tu padre ha organizado una avanzada al reino de Nao a tus espaldas, pues a cualquier costo quiere su victoria.

El príncipe se enojó al oír las noticias. Su padre ya estaba dentro de la arboleda, a unos dos metros de maleza. Le era imposible seguir su paso, así que tomó una libélula entrenada y montó sobre ella para ir a su encuentro. Entre la niebla y los matojos, el príncipe encontró el ejército, se colocó frente a él y detuvo su marcha.

—¿Por qué os detenéis? —gritó el rey—. ¿Es que no habéis escuchado las órdenes? ¡Avanzad, avanzad sin retroceder! —Ante sus gritos, nadie reaccionó—. ¿Qué os pasa? ¡Mal agradecidos! —vociferó y avanzó a la primera fila. Cuando vio al príncipe dijo— Ya sabía yo… Son más fieles a ti que a su rey. ¡¡¡¡Avanzad!!!! —vociferó, enfurecido, por un tiempo prolongado, perdiendo la razón.

—¡Padre! ¡Padre! —al verlo enloquecido, moviendo el cuerpo, descontrolado y vociferando, el príncipe bajó de la libélula y corrió a su lado—. ¡Calma! ¡Calma! —dijo para tranquilizarlo. Con un gesto, llamó al capitán y le ordenó que tomara el mando de las filas, sin perder tiempo volvió a dirigirse a su padre: —No soy tu enemigo, padre.

Sentándose en una pequeña piedra, le dio un poco de agua y conversaron.

—Mi presencia en este lugar es por ti, por mi pueblo, pues no quiero que la sangre y la injusticia sea nuestro sello. Sé que tenemos un legado, pero mírate, nos está haciendo daño. Conozco tus razones, pero te pido unos segundos para las mías argumentarte, y que tan solo puedas escucharme.

Con sabiduría, el príncipe expuso sus argumentos ante su padre, quien, ya calmado, razonó. El mayor reto ante su padre era demostrar la manipulación de su informante. Después de algunos desacuerdos, a su plan accedió.

Inesperadamente, las tropas enemigas aparecieron en el cielo. El príncipe cambió la estrategia de batalla. Las abejas, cual nubarrón que anunciaba lluvias, oscurecieron todo el reino de Nao. Los habitantes corrieron de un lado a otro al verlos en el cielo. Niños, mujeres y ancianos, atemorizados trataron de ocultarse para proteger sus vidas.

—¿Era eso lo que deseabas, padre? A ellos quitarles la vida —dijo el príncipe, mostrándole a su padre desde las alturas.

Por primera, vez el rey de los mestizos con sus ojos y su corazón se hizo eco de las palabras de su hijo. Ellos eran quienes infundían temor. El ejército no los esperaba, como el informante había dicho, solo una población vulnerable.

En el palacio de Nao, sonaron las alarmas al verlos. Blanquita, sorprendida y sin entender, trepó al árbol de algodón para llamar la atención del príncipe. *¡Esto no estaba en el acuerdo! ¿Por qué haces esto?* Blanquita buscó entablar conversación en sus pensamientos mientras escalaba. Él le observa desde lejos y, con una señal expresó:

—Todo está bajo control. ¡Confía!

Mientras Blanquita lo contemplaba, su mente se enfrentaba a una lucha interna. La situación inesperada generaba en ella una resistencia a confiar plenamente en él, pero también era su momento de demostrar su amor y su confianza absoluta. Sin más, hizo un giro y dirigiéndose a su padre, dijo:

—¡Padre, estemos quietos! —Blanquita trató de controlar los impulsos de su padre, pues rápidamente el rey había organizado a sus tropas, si Nao levantaba un arma, todos los esfuerzos de Blanquita y del príncipe por la paz habrían sido en vano. Tras unos momentos de palpable tensión, el destino, que estaba en manos de su Creador, les favoreció y algo inesperado aconteció.

—Majestad, ¡dad la señal de avanzada! Nublan nuestro cielo. ¡Acabemos con esta infamia! —La voz del magistrado se levantó por encima de todos. Tratando de acercarse al rey, desesperado, repitió—: ¡Dad la señal! —Con ímpetu levantó su mano y su capa se deslizó, quedando expuesto su brazo. Y ahí estaba: en su antebrazo, se observó una marca. ¡Era él!

—¡Apresadle! —gritó Blanquita cuando lo vio. Pidió a los guardias que fueran por él. Los guardias quedaron desconcertados entre el mandato de Blanquita y el clamor del magistrado.

—¿Al magistrado? —dijo se padre, confundido—. Hija, ¿has perdido el juicio?

—¡Padre, es él, de quien te hablé! ¡Tiene la marca! —Blanquita señaló su brazo sin darle tiempo al magistrado para que lo cubriera.

El rey, conmocionado, dijo con voz apagada:

—¡Tomadle y traedlo!

Sin embargo, el magistrado, aprovechando la confusión, escapó. Para el rey, era difícil de asimilar. En cada momento crucial del reino, él estaba;

en cada decisión trascendental, en cada detalle. Durante dos milenios, siempre había permanecido junto a su familia, una presencia constante y fiel. *¿Por qué? ¿Cuál fue su motivo?,* atormentado, el rey internamente se preguntaba.

Al cabo de una hora, el enemigo esperaba, calmado. La búsqueda del magistrado había sido en vano. Blanquita se acercó a su padre y le pidió con urgencia y súplicas que recibiera al príncipe y al rey de los mestizos, con la esperanza de paz que siempre había él deseado. El traidor había sido revelado y sus acciones expuestas ante todos. Era el momento oportuno para ese tratado de paz tan anhelado. El príncipe también lidiaba con la presión de su padre. Desde los aires, observó el movimiento y vio que Blanquita ejecutaba la señal acordada. Ayudada por Lilita, Amanda y Remy, Blanquita agitó un ramo de flores blancas. El príncipe podía descender seguro.

Ante la aparición del príncipe y su padre, muchos quedaron extrañados. Ambos fueron guiados al salón principal, donde el rey Nao y el Senado, compuesto por ancianos, duques, marqueses y condes de las dos provincias Norte y Sur estaban reunidos. Fue molesta e irritante la entrada. Ambos reyes se observaban con desconfianza; verse cara a cara era espeluznante. Por milenios habían fijado un precio por sus cabezas y, ahora, en nombre de la diplomacia y la paz cooperaban. Aunque el ambiente era tenso, todo procedió en cordialidad.

Amram, el rey mestizo, confirmó la traición del magistrado. Él era el misterioso informante que a ambos reinos había manipulado; él había llevado a cabo la matanza de los niños y era reconocido como el jefe de la ciudadela en el Rincón de los Repudiados. Además, fue el que quiso entrar al palacio en el cumpleaños de la princesa Blanquita. Todo fue revelado en ese momento y, ante tales hechos, determinaron que en prisión estaría por el resto de sus días.

También hubo decreto y tratado de paz entre ambos reinos. Se estableció una nueva provincia, que se situaría en la tercera parte de la provincia Sur, e incluiría a el Rincón de los Repudiados, quedando establecido como su líder y gobernante el rey mestizo. Su gobierno sería independiente y con plena soberanía. El derecho a convivencia en el árbol quedó establecido sobre las bases de la paz y la armonía.

El tratado y el decreto iban a ser sellados con plumas en mano por el rey Nao y Amram. Sin embargo, en ese preciso momento fueron interrumpidos.

—Majestades, yo, como príncipe de unas de las partes del decreto, quisiera haceros una petición.

Todos se mostraron curiosos.

—Con reverencia y humildad —prosiguió—, pido a su majestad un matrimonio como alianza.

—¿Cómo? —Todos en el salón comenzaron a murmurar. Creían que esta petición era presuntuosa y precoz, Blanquita se llevó la mano a la frente para ocultar su rostro mientras sus hermanas con picardía la miraban.

—¡Jaahaa! —exclamó Nao al ver al príncipe de rodillas ante su presencia, mientras Amram miraba a su hijo, apenado—. ¿Y a cuál de mis hijas deseas cortejar? Tengo disponibles nada más que dieciocho. ¡Jajaja! —el rey Nao dijo jocosamente, provocando las risas en el salón.

—¡Aaahhmmm! —Buscando en su mente, el príncipe no encontraba cómo nombrar a su dulce voz; no conocía su nombre ni su posición de nacimiento entre sus hermanas.

Todos rieron sin medida ante la expresión del príncipe. Blanquita lo miró, enojada. *¿Acaso elegiría una de sus hermanas?*

—Guuuuuum —el rey Amram emitió un sonido para pedir la palabra—. Excelencia, mi hijo se refiere a vuestra vigésima hija.

Amram había observado a Blanquita en el árbol haciendo una señal, y previó el desenlace entre ellos. Aunque quisieron disimular sus sentimientos, estos eran evidentes. Por ello había decidido salvar a su hijo de la vergüenza.

—¿Blanquita? —Ahora el rey Nao entrelazaba los hechos en su mente—. Nunca he entregado a mis hijas como trofeo —le dijo Nao directamente al príncipe.

—¡Padre! —Amanda interrumpió de forma inesperada.

—¡Hija! —Con un gesto, el rey le indicó que se retirara. Ella, sin hacer caso, caminó y, con su mano, le pidió que la siguiera afuera del salón.

—Gruummm —el rey raspó su garganta nuevamente, disimulando la interrupción—. Un momento —dijo, retirándose del salón.

—Padre, llamé tu atención y te interrumpí porque la felicidad de Blanquita está en tus manos.

—¿Para eso me has interrumpido? Claro que no entregaré a Blanquita en manos de ese príncipe. Tengo las mejores y más sinceras intenciones en este asunto por petición de ella y bienestar del reino. Pero, para mí, ustedes son sagradas, no piezas de intercambio.

—Padre, antes te dije que Blanquita estaba enamorada, ha estado extraña. Creo que ella y el príncipe se conocen y se gustan.

—¡No puedo creer lo que dices! ¿Cómo se conocen? No me dices eso para deshacerte de tu hermana, ¿verdad?

—¡No, padre! Me ofendes —dijo Amanda, refutándole—. Últimamente, Blanquita y yo hemos hecho las paces y nos llevamos como verdaderas hermanas. Blanquita ama a ese joven, te lo digo, padre.

—¿Cómo es posible?

En breves minutos, Amanda le explicó a su padre sus deducciones.

—Mis disculpas, caballeros —dijo el rey, volviendo al salón—. La petición del joven príncipe —declaró— será aceptada... Pero solo con el consentimiento de mi vigésima hija.

El príncipe respiró, aliviado. El rey le pidió a Blanquita que pasara adelante. El príncipe se arrodilló ante ella.

Perpleja, lo miró con una expresión inquisitiva en sus ojos, como preguntando "¿Qué haces?". Él tomó su mano derecha y dijo:

—¿Acepta usted, princesa, ser mi esposa?

—Uhhmmm —Blanquita no podía emitir palabras, solo se escuchaba un leve sonido en sus labios. ¡Qué vergüenza, frente a todos! Era el único pensamiento en la mente de Blanquita, mientras miraba fijo al príncipe y las risitas de sus hermanas maliciosas resonaban en el aire.

—Hija, el joven espera respuesta —dijo sonriente su padre, disimulando ante tal espectáculo.

Nerviosa y apenada, Blanquita soltó su mano y salió corriendo del salón, dejando al príncipe arrodillado. Él salió tras ella de la misma manera, y todos se quedaron en el salón, con sus comentarios en la boca. Ambos padres se percataron de su afinidad y su acercamiento.

—¡Eyy! Espera... —El príncipe, alcanzándola, la tomó de la mano con firmeza y la detuvo—. Sabes que pedir tu mano en matrimonio no es por este acontecimiento —expresó—. Yo te amo y te deseo sin límites desde que tu presencia sentí. Todo este tiempo, me atormentaba el pensamiento de perderte —con los ojos humedecidos, sostuvo aún más fuerte su mano, fundiendo su mirada en la suya con intensidad. Cada palabra suya provocaba una explosión de deseo en Blanquita. Ella estaba segura de sus sentimientos por él y, aunque la proposición había sucedido inesperadamente, sentía que también lo amaba. No había sentido temor en la batalla, pero sí de este sentimiento que la embargaba.

Ante su silencio, el príncipe la atrajo hacia él y la abrazó. Unos segundos después, le dijo:

—¿Me sigues? —Ella solo afirmó con su cabeza y, sin más, juntos volvieron al salón.

Pasados dos meses...

Trompetas se escuchaban por todo el reino. Fiesta y celebración. "¡Nuestros hermanos con gozo retornan!", decía la población. "¡La guerra de tres milenios en el olvido quedó, hoy renace la igualdad y la amistad en nuestra nación!". Entre danzas y cánticos se escuchaban los villancicos.

Todos felices estaban y, a la vez, los de las colmenas hacían entrada. Aunque algunos habían expresado inconformidades por tantos años de muertes y batallas, el tratado era un hecho. Las miradas se proyectaban hacia el futuro de la nueva generación.

El sol poniente arrojaba su cálida luz sobre el árbol de algodón del ancestro, donde se celebraba la boda, todo de blanco, simbolizando pureza y amor. Él se encontraba de pie, elegantemente vestido en un traje de cáñamo verde que realzaba su porte impecable. Su cabello rubio y bien peinado enmarcaba un rostro lleno de confianza y cariño. Sus ojos brillaban con una chispa de emoción, mientras dirigía una sonrisa genuina hacia su amada. Cada detalle, desde su postura segura hasta su mirada llena de afecto, definía al compañero perfecto que estaba listo para embarcarse en un nuevo capítulo junto a ella. Blanquita, con su traje similar al lirio irradiaba una belleza serena y elegante, como un ángel que del cielo había descendido. Un ramo de flores frescas descansaba en sus manos, un gesto de ternura que complementaba el momento.

—¿Acepta usted, príncipe, a la vigésima princesa, hija del rey Nao?

—¿Acepta usted, princesa, al príncipe primogénito del rey Amram?

—Acepto —dijo ella, mirándolo tiernamente.

—Acepto —expresó él, mostrando una sonrisa.

—¡Declaro marido y mujer a Zuar y Blanquita!

Fue dulce escuchar sus nombres por primera vez.

A la ceremonia asistió toda la población. Ya no negros, mestizos, repudiados, sino, los bionueces, juntos en unión.